文芸社セレクション

桃色の乳頭

山野 ジュン

YAMANO Jun

文芸社

1

桃色の乳頭が目の前で揺れている。それも四つ。俺はそのうちの一つを無感動にしごく。生温い体液が勢いよく飛び出して地面を濡らした。二つ三つと順番に搾り、四つ目に差しかかったところで何が気に障ったのか、彼女は強烈な後ろ蹴りを炸裂させる。俺はその蹴りを顔面にまともに食らい、左の眼球がパチンッとはじける。ジュレ状に仕上がったタンパク質が頬に滴り落ちるが、俺はそれをタオルで拭い、お構いなしに手搾りを続ける。片目になり遠近感を失いつつも、ボクサーの要領で手を前から奥に突き出し、乳頭を摑むことに見事成功！　さっきは少し乱暴だったのかもしれないな。だが俺に悪気があったわけじゃない。それは彼女だって同じだろう。俺たちは今、この一本の乳頭を介して和解しあえたのだ。そんなことを考えていると、隣で搾っているネパール人のダンが笑い声をあげた。

「ユーキ、ウンコカオニツイテルヨ」

どうやら拭いきれなかったウンコがまだ頬にへばりついていたようだ。俺はタオルを濡らして顔全体をごしごしと拭く。

「どう、取れた？　……あとこっちの目つぶれてない？」

「ツブレテナイ。キレイヨ。トテモキレイナメヨ」

　言われて確かにぼんやりと視力が回復してきた。喰らったのは蹄ではなく爆裂に加速したウンコだったようだ。眼球破裂はどうにか免れたらしい。ダンはいいやつだな。

俺はダンが好きだ。このハンサムなネパール人は俺のウィットに富んだユーモアをまるっきり百パーセント理解してくれる。ダンだけが友達だ。この牧場にダン以外で友達と呼べる人間などいるだろうか。動物が四頭、人間は一人。キチョウナニンゲンノトモダチ。ヒズネームイズダン。

「ちょっとちょっと、ユウキ君、話すのはいいんだけどさ、せめて搾乳だけは続けてもらってもいいかな？」

　ほらほら！　この牧場の人間代表、エンドウリーダーが興を削ぎにやってきたぞ！　殺伐とした荒野に人知れず咲いた一輪の花のような偶然を、俺とダンが優しく愛でているその風景を、お前は無節操にも踏みにじりに来たわけだ。

「すみません」

　だが俺はばあちゃん子の真面目な好青年なので、素直に謝意を表明し実直に搾乳を再開する。それでもエンドウの叱責は終わらない。それがこの孤独な四七歳男性の、薄暗くも強粘着性たる所以なのだ。

「ちょっとまって勝手に始めないでくれる？　話はまだ終わってないから。あのね、こうやってチームで動く仕事は一人の遅れがボルトネックになるんだよ？　ユウキ君が遅れた時間はたったの三十秒かもしれないね。でもどうだろう。ここには五人いるよね？　五かける三十で百五十秒だ。百五十秒分の貴重な時間がたった今、失われたんだよ？　ねえ、この話をユウキ君にするの、初めてじゃないよね？　前も言ったよね？　俺絶対に最低でも二回は言ってるよね？　どう？　思い出した？　あっ、あぁ！　いいよ、いいよ、言わなくても分かるって！　すぐに出てこないってことで、察しはついたから。

あのさ、何回言えば分かってもらえるのかな？　ユウキ君がこうやっておしゃべりすると、誰に迷惑がかかると思う？　俺はいいよ。俺はいくらでも時間はある。でもユウキ君の行為は、チーム全、体、に、迷惑がかかるんだよね。失った時間は二度と帰ってこないんだよ？　ボルトネックの意味、ユウキ君には分かってもらえないのかな？」

ボルトネック！　エンドウの顔面が高速で回転し、胴体からスポッと外れるさまを想像する。電球が灯りを失うように、エンドウの顔は即座に白くなる。それはグロテスクでいて滑稽だ。

「すみません」

だが大卒の教養人である俺は小市民のささやかな背伸びを挫いたりしない。全体最適を求めるエンドウのためにも、ここはひたすら謝罪に徹すべきだろう。憎悪には愛を。教養とは寛容さの別名なのだ。俺はこの矮小な人間を、やさしさで包んであげたかった。

「何が悪いか、理由を言ってもらえないかな？　じゃなきゃ謝る意味、ないよね？」

やっぱり殴ろう。一貫して下手に出ていた俺が一歩にじり寄る。それだけでエンドウはあからさまにひるんだ。

「エンドウサン、ウシコロンダ」

だがそこで間に入ったのはダンだった。この騒動の間ずっと待たされていた牛が搾乳場の入り口で寝てしまったらしい。エンドウは不満を滲ませながらも、踵を返し持ち場に戻っていく。長く中断されていた搾乳作業はようやく再開された。

「ダン、ありがとな。助かったよ……」

お礼を言われたダンは、小さなことだと言わんばかりに、はにかんでみせる。俺は少しだけ救われたような気分になる。だが束の間の平穏も、鈍く響く音で台無しにされてしまう。

「バシッ。バシッ、バシッ」

寝てしまった牛にエンドウが棒を振り下ろしていた。どす黒い感情が甦る。やっぱり殴ってしまえばよかったのだ。驚いて立ち上がった牛はエンドウから逃げていった。

搾乳作業を再開させたものの、不意に自分が今どこにいるのか、分からなくなる。ここはどこなのだろう。俺はなぜここにいるのだろう。搾乳器が乳頭を次々と吸い込んでいく。桃色は意味を失って、俺を貫いていく。そうやって弛緩した意識のなかで、自らの軌跡を遡ってみる。どこかの時点で、俺は致命的な選択をしたに違いない。

三ヶ月前か？　俺は入社以来エンドウに迎合し続けていた。エンドウもその茶番めいた関係におおむね満足していたはずだ。あの日の俺は、いつもと何が違ったのだろうか。俺の他愛ないミスを目ざとく見つけたエンドウは、ご多分にもれず低温多湿な叱責をネチネチと展開し、それが三分を超えたあたりで――

「チッ」

コンマ二秒に満たない舌打ちは、俺の侮蔑を想像以上に響かせた。俺とエンドウは顔を見合わせて、ふたり同時に驚いた……。あれは傑作だったな！　ふたりの関係にできた角度は、そこから無限の拡がりをみせている。

それとも半年前か？　新卒で入社した映像制作会社を一年で辞めたはいいが、親父の牧場に戻るなんて正気の沙汰ではなかった。東京から車で三時間、人より牛が圧倒的に多い片田舎のこの村に、俺は撤退を余儀なくされた。当時の俺はほとんどノイローゼになりかけていた。あのまま会社にいたとして、よくてもパワハラプロデューサーを階段から突き落とし書類送検。最悪の場合、才能が開花して日本アカデミー監督賞を受賞、その後次回作のプレッシャーに耐えかねた末、ハードドラッグを乱用する毎日。挙句は不倫相手の新人女優をオーバードーズで死なせ、実刑は免れなかったはずだ。

あるいは二十五年前か？　一匹の精子として胎内のプールを回遊していた俺。うっかり卵子と融合したのが運の尽き。単細胞生物としての気ままさ、自適さを俺は奪われ、無様に分裂していく自分を哀れに思った。

結局七万年前か？　かつて熱帯に暮らした俺は、暑がりだった。北進するほど快適になっていくことに、歯止めがきかなかった。あのとき俺は初めて退廃を知った。かつての楽園はリアルではなかった。胸をしめつける取り返しのつかないムードが、俺を初めて興奮させたのだ。あのとき、あの地に留まってやさしい猿のままでいられたら。俺は惨めに牛乳など搾っていなかっただろう……。

四時間の搾乳が終わり、俺とダンは搾乳場を清掃していた。この牧場で飼養されるおよそ八百頭の牛たちは、日に三回この場所に集められる。先ほどまで俺が作業していた場所は半地下のようになっており、丁度目の高さに牛の乳房が位置する設計だ。

横一列に並んだ牛たちの両後肢の隙間から手を伸ばし、手搾りで乳に異常がないか確認する。乳房の汚れをタオルで拭えば、搾乳器を装着して作業は完了する。ラッシュアワーの通勤列車並みに牛がひしめき合っていたこの場所も、今ではその熱気を失い、静まり返っている。

エンドウのなじりを思い出しながら鬱屈した気分でウンコと向き合う俺。この場所には搾乳中横一列に並ぶ牛の尻にピタリと密着するように、細長いポケットが用意されている。これがなければ常にウンコ爆弾の恐怖に怯えなければならない。俺はそこに残された大量の置き土産をスコップですくい、バケツに受け、捨てにいく。ウンコをすくい、ウンコを運び、ウンコを捨てる。ただその繰り返し。地球外生命体がこの光景を見たら、何かの罰かと思うだろう。

「ユーキ」

背後を横切る際、壁を洗っていたダンが振り返る。ダンは右手にホース、俺は左手にウンコの入ったバケツをそれぞれ持って、お互いに向かい合う。ダンは話す機会を待ち構えていたようだ。

「ユーキ、ワタシオネガイアル」

「――どうした。なんか問題あった？」

「ワタシ、アサギボクジョウ、イキタイ」

「あ、ネパールの友達と都合ついたんだ。――じゃあそうしよう。来週アサギ牧場へいこう」

ダンはそう言われるとはにかんで作業へ戻った。俺のほうも思わず笑みがこぼれる。ウンコを捨てに行く俺は、危うくスキップをしそうになる。バケツに盛られた黄金は、今や直視できないほどキラキラと輝いていた。

2

「……」

「えっ？　なんだって？」

「……ル……イ」「ウルサイ！」

「ああ、ごめん」

　カーステレオのボリュームを半分まで絞る。爆音で俺にささやきかけていたカート・コバーンが、窓を震わせるのをやめる。衰退の一途を辿る地方農業地帯に、ニルヴァーナはよく似合う。どちらも死ぬほど退屈している。果てまで続く緑。ギラギラと不吉に反射する巨大なソーラーパネル。道路にはつぶれた野生動物の死骸。走れば点在する牧場。入り口には繋がれたままのみすぼらしい犬。朽ちた家屋を覆う蔦。錆びついて自然へ還っていく重機。ドアウィンドウを開ければ糞尿の香り。ハンドルを握る俺は高揚感に満ちている。

「ユーキ、アナタミミワルクナルヨ」

「えっ？　えっ？　えっ？　なんだってえ!?」

大声でがなり立てる俺。鼻で笑う助手席のダン。

二十分程農業道路を走らせると、森へと続く横道まで辿りついた。入り口に立つ木製の看板を確かめる。

――森のジェラート屋　アサギ牧場――

ペンキで描かれたその文字は、雨風によって幾分くすんでいる。俺たちは鬱蒼とした森を貫く砂利道を抜けて、駐車場に車を停めた。その白く小ぶりの建物が、アサギ牧場のジェラート屋だ。ささやかなテラスには、丸いテーブルと椅子が四つ設えてある。

ダンが先導する形でジェラート屋の横を抜け奥へ進むと、視界が広く開けた。アサギ牧場の敷地は入り口のジェラート屋が顔となっているが、その奥には大型の牛舎や堆肥舎が立ち並んでいる。牧場の入り口には関係者以外の立ち入りを禁じる立札がある。そこまで来てしまうと、ダンがスマホを取り出し電話をかけた。五分も待つと見るからに陽気なネパール人の男性がやってきた。

「コンニチハ。ワタシノナマエハ、ナビン、デス！」

闊達に挨拶をするネパール人研修生。

「ナマステ！　ダンニャバード！　フェリベトゥンラ！（こんにちは、ありがとう、さようなら！）」俺は合掌しつつそれ以上の陽気さで何度もお辞儀をする。

「ユーキ」すぐにダンがたしなめた。

「ナイストゥーミーチュー。アイムユウキ。アイムジョーキング、アイムジョーカー」

ナビンはあいまいな笑顔を俺に向ける。俺のユーモアはこの朴訥なネパール人にはどうやら高度すぎたようだ。

ナビンとダンは、ネパールにある日本語学校で共に学んだ仲間だ。彼ら農場で働く外国人は建前上日本の農業を学び、祖国に技術を持ち帰る学徒を名乗っている。実態は要するに出稼ぎである。ダンはバイク屋を始めるつもりだし、ナビンはダンプの運転手になると俺に語った。この制度は単純労働の海外労働力を認めていない我が国の自己矛盾そのものだ。俺たちは欺瞞の砂上に友情を成り立たせている。

俺の働く牧場にはネパール人と中国人が七人いるが、ダンは唯一のネパール人でおおむね退屈していた。ナビンがダンに遅れること数ヶ月後に日本にやってきて、ようやくこうして再会がかなったのである。

積もる話もあるだろうから、とダンをナビンの住む簡素なコンテナハウスに残し、アサギ牧場を見学させてもらうことにした。

親父から聞いた話によると、アサギ牧場は搾乳牛を三百頭近く飼養している。俺が働く牧場の半分にも満たない規模だが、それでも標準的な個人酪農家に比べれば十分大型牧場の部類に入るらしい。自分の牧場に戻ってきたのだと勘違いするほど、牛舎のつくりは似通っていた。

牛の暮らす牛舎は、広い体育館を思わせる。天井は見上げるほど高く、奥行き差し渡し三百メートルはあるだろうか。建物の中央を通路が貫き、巨大な扇風機は百台を超え、牛と同じ数だけ用意されたベッドが入り口から端まで一直線に並ぶ。牛はそこで寝るか、通路にまかれた餌を食べるか、水を飲むか、気まぐれにウンコをする。あるいは何もしない。牛の自由意思に任せて思うままに行動することができるのだ。三百頭の巨大生物（体重六百キログラム！）が作り出すモノクロームのうねりに、初めは誰でも圧倒されるだろう。

牛舎を歩いていると牛たちがぞくぞくと俺に向かってくることに驚く。手を差し出すとみな争うようになめようとする。牛の舌がザリザリと痛かった。ライブ中客席に降りたスターに群がる狂信的ファンみたいだ。みんな魔法にかかったみたいだ。アサギ牧場の牛たちは人を警戒しないんだな。殺伐としたうちの牧場とは大違いだ。飼う人が違うだけでこんなにも牛の様子が違ってくるんだな。俺は戸惑いにも似た感動を覚えながら牛舎を歩いた。

　通路をさらに奥へと進む。少し離れた牛の群れのその中心に、人が浮いていた。そう、確かにそれは人だった。二メートルを超えるその姿は近づくほど違和感を増していく。その女性はこちらに背中を向け、フラフラと揺れている。それに合わせて頭の頂点で縛った髪も左右に揺れる。魔法を覚えたての少女が、箒で浮遊する修行をしているみたいだ。俺は慎重に歩みを進める。

　女性は牛に跨っていた。高い天井から差し込む穏やかな光が彼女と牛を照らし、牛舎内の細かいホコリがチラチラと反射する。彼女は跨った牛の首に指をたててごしごしと掻いた。かまってほしいのか、隣の牛が口を突き出せば、彼女は丁寧に顎をかいた。俺はしばらくそのアンリアルな風景を眺めていた。

　しかしどうやら俺は不用意に近づきすぎていたらしい。ふいに振り返った彼女は驚きの声を上げた。

「わっ、わっ！」

　すると跨っていた牛がビクッと体を震わせ、軽く跳ねた。彼女の体が大げさに揺れる。巨大な牛にとって、小さな人間を振り落とすのは造作もないことだった。大きくのけぞった彼女が空中へ投げ出されると思ったその刹那、反動をつけ、とっさに牛の頭に体を預けると、力強く牛の首を抱きしめた。

「よーしよーし、大丈夫だよー」彼女は牛と顔を密着させながら、両手で目を覆う。興奮に任せ今にも走り出すと思われた牛は、荒い鼻息を一つだけつき、やがて落ち着きを取り戻していった。彼女もふーっ、とここまで聞こえるほど大きな息をつく。牛から投げ出され、無残に踏まれていたかもしれない。今更想像が追い付いてきて、恐怖で胸が波打つ。そろそろと背中から下りた彼女は、俺を一瞥した後、こちらへ向かってきた。

「あの、すみません……」

「入り口の看板見ませんでしたー？　農場は立入禁止なんですよー。お店のお客さんですよねー？」

俺の謝罪などお構いなしで、彼女は憤りを隠そうともしない。トラクターメーカーの刺繍が入った緑色のつなぎに、汚れた黒い長靴。仕事に誇りを持つ者の、有無を言わさぬ圧力だった。

「ユウキです……」

震えた声で絞りだしたのは、間抜けにも自己紹介だった。彼女は立ち止まり、口をあけて俺の足元からゆっくりと目線を上げていく。

「は？」

「ユウキ。スオウ、ユウキ。ユウキです……」にらまれた俺はほとんど錯乱しかけていた。呆けたように自分の名前をただ繰り返す。

　彼女は俺のすぐ前に立ち、眉間にシワを寄せ、下から上へと視線を向ける。無理もなかった。彼女はついさっき、大げさではなく死にかけたのだ。それも正体不明の不法侵入者によって。だが俺の名前を聞いた彼女は、その表情を徐々に軟化させていった。

「スオウ……ユウキ？　んん？　……もしかして、昔剣道で一緒だった、ユウキ君？　私の一つ年下の」

「は、はい！　そうです、ユウキです！　えっ！　ちょっと待ってくださいよ？　多分ですけど、モエコさん、ですよね？」

　俺は摑みかけたものを慎重に手繰るように、恐る恐る尋ねる。

「すごい！　ユウキ君懐かしい！　私が中三の時以来だから十年ぶりくらいかな。ユウキ君全然変わっちゃったじゃん！　いやホントびっくりした。そうそう、モエコ！　モエコだよ。よく私だってわかったね！」

　モエコさんは目を大きく開け、花が開いたような満面の笑みを俺に向けてくれた。それだけで白湯を飲んだみたいに胸に温かいものが広がっていく。口角が自然と持ち上がる。それを抑えるために顔が引きつりそうになる。

「やっぱりモエコさんですよね！　どうもお久しぶりです。牧場で一緒に働いてるネパール人研修生が、ナビンに会いたいって言うので連れてきたんです。モエコさん、実家に戻って牛飼いになってたんですね。意外でした」

気の利いた冗談を言ったつもりもないのに、モエコさんはハハハと笑った。

「いやいやそれはこっちのセリフだって！　ユウキ君が酪農家になるなんて思わなかった！　絶対牛飼いとかやらなそうなタイプじゃん！」

「いやー、ほんと、人生何があるか分かりませんね。こうして酪農家同士で、突然再会するなんて」

「うんうん。本当。偶然ってすごいね。人生って不思議だね」

一切の不思議はありません。必然なのです、モエコさん。そう、すべては仕組まれていたのですよ。

三ヶ月前、町で開かれた製薬会社主催の牛の勉強会で十年ぶりにあなたを見ました。物語はそこから始まりました。昔と変わらない肌の白さが、私の記憶を鮮明に蘇らせました。あなたの御身は向こう側が透けるほどで、もはや自ら発光しているようにも思えました。目を貫いて脳髄まで深く鋭く突き刺さり、私は目を離すことができませんでした。垂れ目に長い睫毛。すこし濃い眉で揃えたまっすぐな髪。丸くやわらかな曲線を描く頬。あなたの輪郭は光で縁どられていました。あの日私は、勉強会が終わるまであなたから片時も目を離しませんでした。すぐにＳＮＳで検索し、辿りついたあなたのページをブックマークしました。あなたの顔写真を見る行為は、今では私の宗教的な日課となっています。

父にアサギ牧場のことをそれとなく聞いて、牧場にダンの友人が働き始めたと知った時、計画は動き出しました。あなたは私が変わったと言いましたね。先日三時間かけて東京まで行き、生まれて初めてパーマをあてました。七万円するアウトドアジャケットも買いました。ダンにナビンのことをそれとなく教え、自然な形でアサギ牧場を訪れる機会をずっと待ち望んでいました。

「いやあ、俺の方こそ突然なのでびっくりしました。モエコさんつなぎすごく似合ってるし、すてきな酪農家になったんですねー。かっこいいです」

「ははは。ユウキ君もお世辞を言えるようになったのか！」

モエコさんは少し下がった目尻にしわを作り、大きな口で笑った。

「時間ある？　お店でジェラート、食べていきなよ。私もユウキ君に聞きたいことあるし」

俺が断るはずもなかった。連れ立って牛舎を後にする。ふいに足を止めたモエコさんが振り返って俺に言った。

「ねえ、牛の背中に乗ってたこと、人に言ったらだめだよ？　あれ結構危ないからね」

モエコさんは年下の少年にささやかな秘密を打ち明けるみたいに、いたずらっぽく笑った。俺はそれが泣きそうなくらい嬉しかった。

「――よく牛の仕事する気になったね。東京でどんなことしてたの?」

「映像関係の仕事ですね。コマーシャル作ったり、ドラマ作ったり。毎日激務だし、上司のプロデューサーにも怒られるし、正直きつかったです。牛飼ってる今のほうが全然楽ですよ。

……あっ! これめっちゃうまい」

テラスのテーブルに向かい合ってジェラートを食べる。緊張で味など分からないと思っていたが、予想外に香りが強く、自然と感想がこぼれた。

「珍しいでしょ? カマンベール味。――ていうか凄いね! 映像かー。じゃあ芸能人とかにも毎日会ってたんだ。華やかそーう」

モエコさんはこれまで散々食べてきたのであろう。俺が味をほめたことも、自分が食べているジェラートにも、特に興味がなさそうに話を進める。

「大したことないですよ。俺本当は映画やりたかったんですけどね。業界にいる人って、生活のすべてを犠牲にするタイプの人たちばかりで、自分にはそこまでのモチベーションないなあって。正直に言って、夢破れました」

謙遜したのではない。本当に大したことなかった。俺は得体のしれないダイエット食品のウェブ広告に携わってきた。そこでは表現力は求められておらず、いかにして法律に抵触しない誇大広告を作れるかが競われた。華やかさとは無縁の、血を吐きながら地を這うような暮らしだった。

「ふーん。そんなものなのね。ね、私も映画、結構好きだよ」

「そうなんですか？　――好きな監督とかいます？」

「えっとねえ、山上敦士わかる？　あの人の映画結構好きだな」

「うわっ、本当ですか？　めちゃくちゃ渋いとこいきますね！　俺も大好きですよ！　山上監督」

「私はそこまで詳しくはないんだけどね。昔は新作がでれば必ず映画館までいってたなあ。最近は観なくなっちゃったけど」

「俺ＤＶＤ全部持ってますよ。最高ですよね」

「え、うそっ！　本当にファンなの？　すごい。やっぱり監督志望だといろいろ見てるんだ」

俺は山上敦士のファンではない。正確に言うとファンではなかった。モユコさんのＳＮＳにある『お気に入りの映画』欄に唯一載っていた山上監督の名前を見つけた時、シナリオは出来上がった。作品名を一つ聞いたことがある程度の知識しかなかったが、俺は山上監督の映画を片っ端から借りて鑑賞した。実際めちゃくちゃに面白かったのは嬉しい誤算だった。先ほどの一連の発言には、何一つ偽りのないことを強調したい。そして俺のシナリオによれば、彼女はきっとこう言うだろう。ねえ、じゃあ今度貸してもらってもいい？

「ねえ、じゃあ今度貸してもらってもいい？　山上監督って、ネットで見れないんだよね」

「もちろんですよ。最近ので一番好きなやつ、持ってきますね」

脚本を書いたお芝居が、目の前でそのまま進行していく。それなら俺は役に徹するだけだ。白々しいほど軽薄なセリフが、自分でも驚くほど滑らかに口から落ちていく。あまりにも想定通りなことに興奮しつつ、それでいて頭がひどく冷静なことは、奇妙な感覚だった。

言わばあらかじめ周到に用意されたハプニングだった。人間関係、特に男女の仲を急速に深めるためには三つの要素が必要だと言われている。『偶然の再会』『ニッチな共通の趣味』『共感しあえる悩み』だ。――誰の言葉？　俺が考えた。ふいに訪れる偶然性に、人は運命を感じたりする。今回のケースにおいて、作られた偶然は作為だ、と言いたい気持ちも確かにわかる。いや、わからない。部外者はどうか黙っていてほしい。

いずれ俺たちは映画を頻繁に貸し借りする間柄になるだろう。自然な会話の流れでふたりで映画を観ようと、なるだろう。俺はせっかくだから東京の映画館で観ませんか？　と言うだろう。夜はおいしい焼き鳥を食べるだろう。飲みすぎたふたりは最終電車には間に合わないだろう。

「……どう？　もう慣れた？」

「ふえ？」

「牧場の仕事は慣れたか、って」

「――ああ、はい」「……いえ、まだまだ全然です。俺、農家の息子のくせに二十三歳まで牛触ったこともなくて。知識も経験も全くないまま牛飼いを始めちゃったんですよ。だから最初は牛がマジで怖かったです。あいつらぱっと見バケモノじゃないですか。いつもよだれ垂れてて、顔は俺の何倍もあるし。口でかいし。搾乳中は蹴られるか不安だし、おしっこかけられるし、ウンコ降ってくるし……。正直臭いとかもいやだったなあ……。お風呂入っても全然とれないんですよね」

「……」

「――でも、牛って可愛いですよね。半年働いて、それがよくわかりました。うちの牛ってアサギ牧場と違って基本人を恐れてるんですけど、人懐っこい牛もなかにはいて。ユキちゃんって子は、なんか猫みたいなんですよ。最初は模様のない白い牛だ、珍しいな、って頭撫でてあげたらなんか頭ふって喜んで、それが面白くて。それからは白くて目立つから見るたびに首かいてあげたり、お尻かいたりしてたんですよ。そのうち俺が牛舎に来る時間になると、むこうから俺のこと探しに来るようになって。なんだこいつ可愛いなって」

モエコさんは目を俺に向けたままジェラートを口に運び、無言でうなずいている。

「それまで牛をぼんやりと群れとしてしか見てこなかったけど、それぞれ強烈に個性が強いってわかったら、いろんな牛と接してみたくなって。白黒の模様に目が行きがちだけど、実は表情が全然違うんですよね。今では特に四頭仲良くなった牛ができたんですけど、愛情を均等に注ぐのが大変ですよ。心の中ではユキちゃんが本命なんですけど、気が強いパンダ目の牛が俺とユキちゃん見ると頭突きしてくるんですよ。あいつらめちゃくちゃ嫉妬深いですよね。ははは」

この半年、すべてが未知である牧場の仕事に慣れることに必死だった。反りが合わない上司もいるが、こうして口にしてみると案外悪くない気もしてくる。

「すごいっ！　素晴らしいよ！　ユウキ君」

モエコさんは手に持ったカップをテーブルに叩きつけんばかりの勢いで喋りだした。

「ユウキ君にも牛の可愛さがわかってもらえてよかった！　ホント、それがすべてだと思う。私はね、目が好きなの。牛の目ってトローンとしてるでしょ？　草食動物特有の優しい目つきって言うのかな。何も考えてないようで、その実すごく思慮深そうにも見えて。牛のことなら、いつまでだって見てられるな。仕事は大変だけど、牛の可愛さがあるから続けられると思ってるよ。私なんて、牛への愛情だけでもってるようなものかも……」

最初興奮して牛への愛を語ったモエコさんは、次第にトーンダウンしていき、最後はそう言ってやや自嘲的に笑った。俺はその顔を直視することを避けるように、カップの中で溶けていくジェラートを見た。

「仕事、大変なんですか？」

「ん？　ああ、ごめん。まあ――そうだね。いや、牛の仕事は全然苦じゃないんだけどね。人間関係っていうか……。言ってしまえば親子関係だよね。毎日お父さんと喧嘩ばっかり。全然話聞いてもらえない。せっかく勉強した新しいことも、全くやらせてもらえないんだよ。お母さんはジェラートにかかりっきりだし。……儲かってないんだからやめればいいのに」

モエコさんは感情の一切を抜き去ったような声で、そうつぶやいた。俺はといえば、そんな彼女のちょっとした告白を、千載一遇の機会として受け取っていた。

「……共感しあえる悩み」

「え？」

「モエコさん、実はね、俺も父親とうまくいってないんです。入社してからすぐに、牧場の問題が嫌というほど目についたんですよ。やっぱり社会経験のない農家が始めた会社だからなんでしょうね。言い方は悪いですけど、世間の常識とかけ離れてるところばかりで。普通の企業だったらブラックどころじゃ済まないなってことだらけなんですよ。全部真剣に指摘するんですけど、全く取り合ってもらえないです。この半年間親父と何度も争ってますよ。でもね、とりつく島もないんですよ。お前に何が分かるんだ、って。牛の勉強一切してこなかったし、経験もないし、要するに、なめられてるんですよね」

　モエコさんは意外そうな顔をこちらに向けた。

「ハピネスファームは巨大企業牧場だから親子問題なんて無縁かと思ってたな」

ハピネスファーム！　その新興カルトめいた名前で呼ぶのはやめてくれ！　幸せを自称するグループは大方がろくでもないぞ。幸せなら名乗る必要はないだろう。なあみんな、幸せなら手は叩かないほうがいいぞ。大人しくしとけ！

「いやいや、全然巨大じゃないですよ……」

　現状とかけ離れたその牧場名をモエコさんが口にする皮肉に、俺は萎えた気持ちで答える。

「確かに頭数だけは多いけど、中身は社長と一部古参のトップダウン経営が支配する

「ハハハ……。どこも似たようなものなのかな。何か悲しくなってくるね」
ハリボテの城ですよ」

モエコさんは乾いた声で力なく笑った。親子関係の不和は父親と息子ならではのものだと思っていたので、俺のほうこそ意外だった。俺にこんなかわいい娘がいたら絶対に争ったりしない。娘に全権を委ね、たとえ経営が傾いて倒産したとしても、笑って許すだろう。

「――そうだ」モエコさんが何か思い出したように顔を上げる。
「シュンジ君、っていたよね？　確かシュンジ君もユウキ君と一緒に剣道やってたよね。家近所じゃなかった？　普段は会うの？」

シュンジ。ウスキシュンジ。懐かしい響きだ。丸っこいシュンジのシルエットがぼんやりと頭に浮かんだ。シュンジとは中学を卒業してから一度も会っていない。小学校時代は毎日遊んでいた、元親友のシュンジ。いや、元親友っていうのも変な話だな。別に絶縁したわけでもないし。環境が変わって自然と会わなくなっただけだ。いつから元、になったのだろう。あるいは今でも親友のままなのだろうか。シュンジは俺のことを思い出したりするのだろうか。

「いや、帰ってからはまだなんですけど、丁度会いに行こうと思っていたところなんですよ」

自分の薄情さを隠すためにとっさにつく嘘。その欺瞞はすぐに真実によって重ね塗りされることになる。アリバイ工作のため、俺は来週にもシュンジに会いに行くだろう。

「うん、それがいい。悩みごとは、誰かに話したほうがいい。私ね、こうやって話せただけで、すこし気持ちが楽になったよ。ユウキ君に、今日会えてよかったな」

「ウルサイ！　ユーキウルサイヨ！」

日本のポップシンガーが恋の歌を爆音で歌う。ダンの声はむなしくかき消される。

「こぉーいーしちゃあったんだぁ、ふふふ、ふふふふふーふふふー」

たった今スマホでダウンロードしたその歌の歌詞は、サビのワンフレーズしか知らない。俺はお構いなしに喉をふるわせて歌う。『今日は話せて嬉しかったです。DVDたのしみにしていてくださ……』ダンがハンドルをまっすぐに戻す。

「アブナイヨ！　スマホヤメテヨ！」

ダンには一瞥もくれず、現時点での最優先事項であるモエコさんへの返信を続ける。日に数台も通らない農業道路で事故ったところで、俺たちふたりが自爆するだけだ。そもそも今死んだって構うものか。むしろ今死んでしまいたいくらいだ。俺のシナリオによれば、ふたりはもう結ばれたも同然だろう。約束された僥倖。圧倒的多幸感に包まれた、この瞬間。今をもって人生という名の本を閉じられるのであれば、エンドロールを迎えられるのであれば、死ぬことなどささやかな誤差にすぎない。

　ダンはその後俺が返信を終えるまでハンドルを握り続けた。

3

シュンジの家は山の麓にあって、その日の異様に濃い霧のせいで、俺は入り口を二度も見落とした。この地域は地質のせいか霧が発生しやすい。

地区内に、牧場を業者に売り払い、敷地をソーラーパネルで埋め尽くした元酪農家がいる。労苦に満ちた酪農人生に見切りをつけ、不労所得で余生を悠々と暮らすはずだった。今では道の駅の清掃員で何とか食いつないでいる。売電による収入は想定外に低かった。日照時間が圧倒的に足りなかったのだ。彼は地区の集まりがある度に、業者への恨みを語る。皆同情するそぶりを見せるが、抜け駆けを謀った彼を裏ではせせら笑っている。そんな話を母さんにする親父も、どこか嬉しそうだ。

すべては天気のせいだ、と俺は思う。売電の話ではない。この地域のムードが陰湿なのはこのクソみたいな霧のせいだ。かくいう俺もカリフォルニア出身のロックバンドのような陽気な性格にはなれなかった。だが俺はお前ら卑屈な農民とは違う。俺の場合はロンドン市民のような、シニカルさの中にも一抹のユーモアを備えているんだ。俺は決して失敗した人間をあざ笑ったりはしない。たとえ性格が陰気であっても、品性だけは売り渡すことはできない。

「俺は間違ってない」

「ユーキ、ナンドモマチガエテルヨ。イツボクジョウツクノ」

　ダンが助手席からふてぶてしく言う。

「うるさいな。霧で前が見えないんだよ」

　三回目の試みで、ようやく牧場に続く道へと進入することができた。シュンジの家は感覚よりもずっと近かった。とうに通り過ぎていたのだ。昔は歩くか自転車で遊びに行っていたのではるか遠くに感じていたが、車で来てみると一瞬でたどり着いてしまった。

　二股に分かれた道を右へ進むと、家の輪郭がおぼろげに浮かび上がってくる。シュンジには連絡していない。そもそも連絡先を知らないのだから当然だ。八年ぶりに会って会話が続くか不安だったので、ダンについてきてもらった。最初は同行を渋ったものの、お返しに夕食を御馳走すると言ったら喜んでついてきた。

　思えばここへは中学に入ってからは一度も来ていない。俺が通った小さな中学校では、男子は皆野球部に入る。園芸部はソフトボール部に入部しない女子の受け皿で、通常男子は入らない。だから園芸部に入部したシュンジは、一時的にちょっとした話題になった。俺はシュンジが極度の運動音痴だと知っていたので、なんの疑問も抱かなかった。だが酪農地帯から離れた小学校出身の生徒や、シュンジをよく知らない先輩たちは、シュンジをミソカス扱いしてたな。俺がシュンジと疎遠になったのはこの頃からだ。俺たちを隔てたのは部活コミュニティなのか、それともスクールカーストなのだろうか。

そんなことを思い出し、なんとなく億劫になって車の中で淀んでいると、霧の中から犬が突然飛び出し、けたたましく吠えた。俺は「うわっ」とうわずった声を上げてしまう。ダンがくすくすと笑う。

ウォンウォンウォンウォンウォンウォンウォンウォンウォンウォンウォンウォン！　その痩せて汚れた雑種犬はほとんど半狂乱で吠え続ける。

「なんだこいつ放し飼いじゃねーか。ダン、もう帰ろう！　危なくて出られないよ」

ダンはまだニヤニヤと笑っている。俺はムカムカと怒りがこみあげてきてエンジンを乱暴にかけた。その音に過敏に反応した犬がより一層吠え立て、ジャンプしながら車に突進してくる。ドアが犬の爪でカリカリと音を立てた。君がそういう態度なら、私は轢いてもいいんだね。帰るついでに車で甘轢きしてしまおう。俺がバックギアにシフトチェンジしたその瞬間、女がこれまた突然霧の中から「ぬっ」と現れた。

「コラコラ。吠えない、吠えるんじゃないよ」

犬はすぐには鳴きやまない。だがそれは俺に向かってではなく、徐々にまき散らすように、吠える対象が散漫になっていった。やがて「ブフッ」と湿気た花火のような音を発したのを最後に、振り返って霧の中へと消えていった。俺はエンジンを切り、車を出て女の前に立った。

「おばさん、こんにちは。お久しぶりです。ユウキです。シュンジ君に会いに来ました」

「――あれ！　ンまあ驚いた。ユウキ君ってスオウさんとこの！　ンまあなんと大きくなったね。おばさん最初誰かキャンプ場のお客さんが、迷い込んじゃったもんだと思ったがね。ンまあたまげた」

シュンジの母は、まあ驚いた、と繰り返し口を大きく開いた。その度に、嫌でも口腔内に目がいってしまう。そこには一本、前歯が頼りなくぶら下がっていた。奥歯はいくつかあるようだが、本来十二本はあるべきその空間に、たったの一本しか生えていない。根元が黒ずんだボロボロの前歯が、かえってその空白の広さをいや増していた。シュンジの母は腰が極端に曲がっていて、俺と顔を合わせるために首だけを歪に折る。それが惨めさをさらに際立たせた。最初はシュンジの祖母かと思った。シュンジの母は行き過ぎた人体実験の犠牲者のように、急激に老け込んでいた。

「よく来てくれたね。シュンジなら部屋にいるだろうから、ついておいで」

俺たちはシュンジの母に先導されてウスキ家の母屋を通り過ぎる。アンモニア臭が鼻につく。どこからか聞こえる鳴き声で、それが猫のものだとわかった。

「立派な息子が戻ってきて、お母さんはずいぶん喜んでいるだろうねえ」

「いえ、そんなことないですよ。俺全然牧場のことわからないですし」

まあ驚いたねえ。俺の言葉は聞こえていないのか、シュンジの母は独り言のように
そうつぶやき続けた。

「シュンジ！　ホレー！　ユウキ君来たよー！　あんたに会いに来たよー！」

離れのドアに向かって大げさな音量で叫ぶと、少し間をおいて「えー？」と返事が
あった。

「ユウキ君！　スオウさんとこの！　あんたに会いに来てくれたってよ！」

しばらくの沈黙。ややあってドア越しにシュンジの返事が聞こえた。

「……ちょっと部屋片づけるから待っててもらって。母さんはもう帰っていいよ」

久しぶりに聞いたが確かにそれはシュンジの声だった。無味乾燥の声色からは何の
感情も読み取ることができない。俺は来たことを心底後悔し始めていた。

「それじゃあ、おばさんは帰るから。お母さんによろしく伝えておいてね」

シュンジの母はそう言うと笑って去っていった。歯がない状態で口を閉じて笑うと、
前歯が唇から飛び出すんだな。俺はそんなことを思った。

ドアから少し離れ、あたりを眺める。ここは手つかずだ。手つかずの自然という言

葉があるが、いわばこれは手つかずの人工物だろう。十年前からそっくりそのまま経年劣化している。手入れをした、という形跡が感じられない。モノだけは増えている。母屋の玄関や家の壁にもたれかかるように、うずたかく積まれた雑多なモノ、ゴミ。廃タイヤが無造作にいくつも転がっている。花壇は雑草が我が物顔で占拠している。雨どいは外れてその役目をはたしていない。障子が破れているのは猫のせいだろうか。ガラスの向こうで、衣類や布団が無造作に散らばっている様子が垣間見える。ふとダンが薄笑いを浮かべていることに気づく。俺が目を合わせると、それを待ってたようにダンはこう言った。

「ココ、ネパールノワタシノイエヨリ、キタナイネ」

「オイオイ何言ってんだ！　お前友達の家に向かってなんてこと……」

「ココ、ニホンジャナイネ。ココ、スラムネ」

ダンは悪びれずに笑っている。他人であるシュンジに何の遠慮もない。ダンの言葉に、俺は自分のことのように強い恥を感じた。

「ダン、お前もう帰れ。あとは大丈夫だから。ご飯はちゃんと連れて行くから、もう帰っていいよ……」

「ユーキ。キリ、クルマ、アブナイ。ワタシ、コワイ。カエル、デキナイ」

「知るかー！　早く帰れー！」

俺は無理やりダンの背中を押して出口へ向かわせた。途中また犬が吠えたが、フラストレーションが限界を超えた俺は両手を上げて「ウォォウォ！」とうなり、殺す気で犬を威嚇した。犬は情けない声を上げながら尻尾を巻いて逃げた。ついでにダンも殺す気で撃退した。

ダンは俺の気持ちを代弁したに過ぎない。ここはまるでスラムだ。昔からこんなにみすぼらしかったのだろうか。あの頃俺はまだ十歳にもなっていなかったはずだ。シュンジが所有するプレイステーションがやりたくて毎日ここへ来た。俺はシュンジと毎日格闘ゲームで遊んだ。だが好きなだけ家で練習できるシュンジに、俺は絶対に勝つことはできなかった。あの頃シュンジが強烈にうらやましかった。いつから……、いつからここまで……。肩を落としながら離れに戻ると、そこにはシュンジが立っていた。

久しぶりに見たシュンジは、相変わらず猫背だった。相変わらず？　そう、シュンジが生まれつき猫背だったことを思い出す。シュンジの母もよく考えたら昔から猫背だったな。この一族は末代まで化け猫に呪われているのかもしれないな。

「よっす！」俺は努めて明るくふるまう。

「やあ……久しぶりだね」

　シュンジは態度を留保した、半端な笑顔を浮かべている。歓迎はされていないが——拒絶もされていないようだ。上下色違いのスウェットは毛玉だらけで、少し腹が出かかっている。口周りにうっすらと髭が生え、中途半端に伸びた髪はぼさぼさだ。清潔感は全く感じないが、頰だけが恐ろしくつるんとして子どもみたいで、独特な不気味さを醸し出していた。

「別に用事はないんだけどさ。俺、半年前にこっち戻ってきたのよ。仕事も落ち着いたから、久しぶりにシュンジの顔でもみようかなー、って。でも全然変わってないな。昔のままじゃん」

　表面上はシュンジの顔を指さして朗らかに笑いかける。一方内心は久しぶりに口にした友人の名の、口触りの悪さを感じていた。「シュンジ」であってるよな？　確か君付けはしてなかったよな。

「ユウキ君変わっちゃったね。誰かわからなかったよ」

　シュンジは片方の口角を曖昧にあげてそう言った。

「ん？　そうかなー。まあそんなもんかもね」

　シュンジがユウキ君なら、やっぱり君付けが正しかったのかな。でも今更どうしようもないな。……うん、もう十分かな。モエコさんとの約束も果たせたわけだし。俺はもうこのまま挨拶だけして帰るつもりだった。——シュンジが部屋へ招きさえしなければ。

「部屋、入る？　汚いけど」

ある程度覚悟を決めて入ったシュンジの部屋は、予想したよりもずっとひどくはなかった。――あるいはそれは、荒廃した母屋と、摩耗しきった母親を見た後だったからかもしれない。八畳ほどの部屋は、床こそざらざらと汚れてはいたが、物がなくさっぱりとしていた。入り口にソファーベッド、中央の木製テーブルをはさんで、向かいに超巨大なモニター。それはモニターというよりも壁に近かった。それがこの部屋のほとんどすべてだった。目線を落とせば、床に鎮座する巨大なコンピューター。その光沢を欠いた黒い直方体は、空間を丸ごと切り取っていた。

「これ……、ゲーム用？　バカでかいな」

「そ。ネットゲーム。すごいでしょ？　モニターは86インチで４K。あ、といっても当然モニターは二つあるよ。普段使いは壁の大画面。反応速度がシビアで細かい操作が要求されるゲームはスイッチャーで出力切り替えて、そこにおいてあるミドルレンジサイズの方でプレイする感じ。こっちのゲーミングＰＣの性能もなかなかだよ。冷却システムを水冷にしてるおかげで静音性がすごくて、ビデオカードは……」

シュンジの説明は全く理解できなかったが、熱意だけは伝わった。ここまで極端にそろえるのは相当強い意志があってのことだろう。

「楽しんでるなあ。すごいよ。おどろいた」

「サブウーファーついてるから、音も相当いいよ。田舎に住んでたらさ、これくらいしか楽しみないのよ。都会のやつらじゃ絶対まねできないよ。ウフフ」

シュンジが笑う……不気味に。笑い方も昔のままかわってなかった。「ちょっとゲーム画面みる?」。俺の同意も待たずにPCの電源を入れ、極彩色なボタンで彩られたコントローラーをテーブルの下から引き出す。シュンジは何かを待ちわびていたように、少しだけ興奮しているみたいだった。

ゲームは一人称視点の戦争もので、互いの事情はよくわからないが、とにかく殺したり殺されたりを繰り広げるゲームだった。


「昔はさあ、こうやってふたりでゲームしたよなあ。シュンジ強かったよなあ」

「格ゲーとかやったね。今でもオンラインでたまにやるよ」

「みんなと会ったりしてるの?　俺全く連絡取り合ってないんだよね。成人式も戻ってこなかったし」

「僕もだよ。あーでも、もしかしてゲーム内で知らずに誰かと会ってるかも。僕結構有名人だからね。ウフフ」

目的を持たず、どこにもたどり着きそうにない会話。キャッチボールというよりは、橋の欄干から交互に石でも落としあっているみたいだ。シュンジは粛々と敵を殲滅していく。確かに巨大な画面の没入感はすさまじいものがあった。等身大の兵士たちの頭が、目の前で次々とはじけて飛ぶ。

「仕事してないの？」

気づけば俺はそう口にしていた。久しぶりに再会した友人にそんな不躾なことを聞くつもりはなかったが、目の前の残虐な映像が、俺の感情をどこかしらマヒさせたのだろうか。

「……」

長い沈黙。画面上の兵士はスコープで照準を合わせ、正確無比なヘッドショットを決める。シュンジの魂は画面上の兵士に憑依して、ここにはその抜け殻がいるみたいだ。

「……搾乳は、毎日やってるよ。朝夕で、四時間。餌作れとか、掃除しろとか、親がいろいろうるさいんだよ。ゲームやる時間なくなっちゃう、っての。恋人はいるのか、とか、将来牧場をどうしたいのか、とか、いろいろうるさいんだよ！　こっちはゲームにしか興味ない、っての！」

語尾が強くなり口調も荒くなる。今度は兵士も前進するのをやめ、その場に立ちすくんだ。銃は構えたままだ。爆発音が遠くから聞こえる。この星の戦争は、まだ続いている。

「シュンジ」

「……」

シュンジは呼びかけには応えず、画面を見つめている。顔には焦燥感がありありと浮かんでいる。

「毎日四時間働いてるって?」

俺の問いかけにシュンジは無言のまま何度も首肯する。

「……いいと思う。――いや? むしろ最高じゃん。好きなことを思いっきりやって、四時間も働いてたら、それは普通だよ。搾乳やってるんだろ? 立派じゃん。いやむしろ立派だって! 親なんか働きたいだけ働かせとけばいいんだよ。やりたいこと、やれないいんだったら生きてる意味ないよな。偉そうな言い方かもしれないけど、十分やってると思う。こんなに楽しんで、うらやましいよ。俺には好きなことをとことん追求するシュンジがちょっとかっこよく見えたよ」

皮肉ではなく本心だった。やることもなく、無気力なまま死んだように生きるよりはずっとマシだと思った。

兵士がまた歩き出す。いったい武器はどこにしまってあるのだろう。ライフルをバズーカに持ち替え、今度は巨大な戦車を吹き飛ばした。

「ウフフ……」

シュンジが笑うので一緒に笑うつもりだった。――だがシュンジは泣いていた。鼻がピエロみたいに真っ赤に染まっている。鼻水を垂らし、口を横に結び、嗚咽を堪えている。俺はぎょっとして顔をそらす。俺は泣くほど感動的な話をしたのか？　こいつはどれくらい追い詰められているんだ。この場をどうやってやり過ごすか思索する。それと同時に、かつてのシュンジもこうやって、肩を痙攣させて泣いていた。そんな記憶が蘇ってきた。

あれはクラスで飼育している蛍の幼虫が、ある朝突然全滅した日だ。飼育当番であるシュンジを糾弾するクラス裁判が、先生によって執り行われた。

「お前が餌を忘れたからだよなー、シュンジ」

要領の悪いシュンジが、先生に揶揄われることはいつものことだった。普段であれば、シュンジの卑屈な嘘笑いとクラス皆の嘲笑で終わるはずだった。だがその日のシュンジは違った。

「僕はしっかり餌をあげました！」

シュンジの絶叫で静まり返る教室。だが先生は虚を突かれて、かえってその場を混ぜ返した。

「何泣いてんだよ。冗談を本気にするなんておかしいぞ。なあみんな、シュンジ、変だよな。ハハハハハ」

　先生はクラス全員に共犯関係になるよう求めるように、大袈裟に笑いかける。皆がそれに同意した。シュンジが肩を痙攣させ、「うっうっうっ」と声を上げて泣くほどに、皆が笑う構図が出来上がった。クラス全員が笑うので、ただ一人取り残されたシュンジも、最後は泣きながら笑っていた。

　撮ったことも忘れていた古い写真みたいだ。あの時のシュンジの笑顔は俺の記憶に確かに残っていて、今こうして思い出してもらうことを、ただ待っていたんだな。十年以上、俺の頭のどこか遠い場所で、ひっそりと。

「――モエコ先輩って、覚えてる？　この前アサギ牧場いったのよ」

いつの間にかゲームを再開していたシュンジの横顔に、俺は話しかける。シュンジは一日十二時間以上ゲームをやるそうだ。それって現実世界で覚醒している時間よりも長いよな。むしろここに座っている小汚い青年のほうが、この伝説の兵士のアバターなのかもしれないな。戦争で疲弊した英雄が真に求めるモノ、それは退屈な平穏。それが彼、ウスキシュンジ。

「あー……剣道の？　僕は一回も話したことないからなあ。あっちは僕のことなんて覚えてないでしょ」

「いやむしろ、モエコさんのほうからシュンジのこと、言われたのよ。モエコさんもモエコさんで、いろいろ悩んでるみたいよ。牧場でやってるジェラート屋もそんなにうまくいってないんだって」

シュンジはモエコさんが覚えていると言った瞬間、ごく自然にほほ笑んだ。シュンジは常に薄笑いを浮かべている。今日初めてシュンジの本当の笑顔を見た気がした。俺は無性にシュンジの頭をひっぱたきたくなった。

「そっか、モエコ先輩、牧場大変なんだ……。うちみたいに畑でキャンプやればいいのに。儲かるのになあ」

「何、キャンプって。キャンプ場やってるの？」

可愛げのない薄笑いに戻ったシュンジに向かって問いかける。

「母さんの弟がうちの牧草地でキャンプ場やってて、毎週すごい人来るよ。結構有名らしくてテレビとかもたまに来てるし。だから多分、うちの牧場そんなに経営大変じゃないと思うんだよね。僕も毎月ちゃんとしたお金もらえるし。ウフフ」

「ふーん……」

この過剰に充実したサイバーハウスの存在が、ようやく腑に落ちた。さっきシュンジに同情したことが、ひどく損した気分になった。

「今度さ、うちのキャンプ場で音楽フェスティバルやるみたいなんだよね」

「ふーん……」「――えっえっ、ちょっと待って。なに、シュンジのキャンプ場で音楽フェスやるの？」

「うん」

「ひょっとしてそれって俺も遊びに行ったりもしていいわけ？」

「いいんじゃない？　一人くらい僕が言えば余裕だと思うけど」

「じゃあさ、モエコさんも呼ぶの、どう？　シュンジの顔も見たがってると思うけど……」


帰り道、俺は自分の家の入り口を見落とし、気がつけばはるか遠くの町まで車を走らせていた。濃霧の中を爆走すればそれも仕方がないだろう。モエコさんと音楽フェスで過ごす。俺の興奮はキワキワに高まっていた。

4

十月、牛たちの毛が少し伸びた。牛はすごい。寒さに合わせて体毛で温度調整をするんだな。東京時代、俺のことを散々いじめたパワハラ薄毛プロデューサーに「頭を冷やしたらどうですか？　ハゲが治りますよ」、そう伝えたい。

牛舎にいる俺は今、ユキを愛でている。牛と人間のコミュニケーションの基本は、かゆいところかきだ。彼女たちは切実にかゆみを取りたがっている。手を持たない彼女たちにとって、俺は精神的救済者であり、肉体的奉仕者なのだ。牛は——もちろん人も——それぞれが個別の快感帯を持つ。ユキのかゆみとりポイントは、耳穴だ。俺はそこにゴムに包まれた指を差し入れ、壁についた垢をとってやる。

初めて耳穴をかいた時、ユキはかぶりをふって、必死の抵抗を見せた。悲劇は招かれざる異邦人がもたらすのが常である。ユキの拒絶を責めることはできない。俺は再度説得を試みた。綿棒で耳穴を刺激する、背徳的愉悦。神が人間だけに授けたカタルシスを、家畜にも分け与えたい。俺の熱意は尋常ではなかった。託宣を受けた宣教師でさえも、俺ほどの使命感は無かっただろう。

やがて彼女は俺の指にほだされた。体を震わせ、涎をだらだらと流し、思わず失禁、脱糞する彼女。それからの日々、悦楽の海に溺れたユキは、もはや理性の居場所を失い、俺にされるがままになった。その蜜月関係は今この瞬間まで続いているのだった……。

「だらしないやつめ。これが好きなんだろう？　なあ、気持ちいいか？　気持ちいいって言え！　気持ちいいですって、言ってみろ！」

「モォー……」

ユキは熱い吐息を漏らす。漏らしてない。漏らしたように見えた。

「ユウキ君、何してるの？」

突然の声に振り返ると、エンドウと先輩従業員が並んでこちらを見ている。俺は急いで指を抜き、先端に付着した耳垢をユキの額になすりつけ、頭を軽くはたき追い払った。

「――いや、そろそろこの牛の出産が近いと思ったので、検診してました」

ごく平静を装ってそう答える。そもそもやましいことなど何もない。ユキとふざけていただけだ。だがカルマにとりつかれたエンドウ風紀管理最高執務官は、今日のノルマを達成すべく、俺のアラをしらみつぶしに糾弾する。

「あのね、そういうのは俺がやるって決まってるから。出産が近いとか、勝手に判断しないでもらえるかな。おかしいと感じたらまず連絡をくれる？　判、断、の前に連、絡。あー、なんでわかってもらえないのかな？　ねえユウキ君、そもそもね、そうそう、これはそもそも論ね。そもそもさ、ホーレンソー、って分かる？　ホーレンソーって基本中の、基本だよ。ねえ、ホーレンソーって、聞いたことは、ある？　あーごめん。せめてこれだけは答えて？　ホーレンソーって、聞いたことは、あるのかな？」

「ワカリマシタ」

俺がエンドウの質問に答えず、謝罪もせず、踵を返しその場を離れると、取り巻きの金魚山糞夫が何か叫んだ。ホーレンソーて、知ってるか！　そう言っていたような気がする。あいにく俺は超音速（スーパーソニック）でその場を離れたので、その振動が鼓膜まで届くことは無かった。

なぜ俺はここまで疎まれるのだろうか。俺は決して争いを好まない。右の頬を打たれたら、尻を突き出し甘めに打たせる、ガンジータイプの非暴力主義者だ。エンドウは牛を殴る。俺はそれが何よりも我慢ならなかった。あいつの見当はずれななじりなど、無視すればいい。だが牛を殴ることは許せなかった。それを見る度にエンドウへの嫌悪は募っていった。

牛たちを搾乳場に追い込むには、一頭分の幅しかない狭い通路を一列に歩かせる必要がある。ほとんどの牛が習慣に従って問題なく歩様を続けるが、しばしば入り口で立ち止まって渋滞を引き起こす牛がいる。そういった牛を、エンドウは棍棒でしたたかに打つ。遠く離れた自分の場所までその音は届く。リーダーであるエンドウがそうするから従業員たちもそれにならう。

ハピネスファーム（やあ、すてきな会社名だなあ！）に入社し、初めてその光景を見た時は心底驚いた。「牛ってそんなに叩いて平気なんですか？」。揶揄ではなく純粋な疑問として、俺はそう問うた。だがエンドウは発言の意図が全くとれていなかった。いや、それ自体が質問であるということでさえ、理解できていない様子だった。「ミカンってそんなに丸くて平気なんですか？」。もし突然誰かにそう聞かれたら、俺は迷わずそいつを無視するだろう。

俺が母親とキッチンテーブルに向かい合って義務のようにミカンをほおばっていると、親父が二階から下りる足音が聞こえた。出来損ないのロボットのような、無遠慮な音だ。母の緊張が僅かに伝わる。入社して半年経ったが、この数ヶ月親父と口論ばかりしてきた。近頃は、親父の姿を見るだけで早々自室に引きあげる。心配性の母を悲しませたくないからだ。親父がリビングのソファーにどかっと腰掛ける。

「ねえ」

俺はダイニングテーブルから親父に話しかけた。

「なんだ」親父はこちらを見ない。テレビに話しかけていないのであれば、俺と会話をする意思はあるのだろう。

「エンドウさん、もう辞めさせたほうがいいよ」

親父の顔がみるみる曇る。朝からそんな話題はうんざり、といった感じだ。父上、あなたの思いを代弁しよう。またその話か。いったい何度言わせるんだ。牧場が困ったときに、エンドウ君がどれだけ頑張ってくれたのか、お前は分かっていないのか。それにエンドウ君が月にほとんど休みも取らず、毎日十二時間以上働いているのをお前は知らないのか。

「またその話か。いったい何度言わせるんだ。牧場が――」

「父さん、わかってるよ」俺は親父の言葉を遮る。

「エンドウさんは今まで一生懸命働いてくれたと思う。今も休みも取らずに毎日十二時間働いてるのも、立派だと思うけど――」

「そうだよな」

だがそうなると親父も会話の主導権を奪い返す。チリチリと顔の表面が熱くなる。

「――お前なんか毎日九時間しか働いてないもんな。毎週一日休んでるお前が、エンドウ君に文句言えるわけないもんな」

いつもこれだ。話の芯が合致しない。『エンドウの良い部分も尊重し、自分もへりくだったその上で、客観的判断をしている』。そういった文脈を微塵も慮らず、親父はそれを反論のための誤謬としてしか採用しない。しかし俺はギリギリのところで怒りを抑え、発展性あるコミュニケーションの姿勢を崩さない。それが親父に対しての誠意だと信じて、粘り強く説得を続ける。

「あのね、俺が問題にしてるのは、むしろその部分なのよ。必ずしも長時間労働がいいとは思わないよ。トップのエンドウさんがそれだと、みんな仕事がなくても家に帰れないのよ。

うちの牧場、離職率高いでしょ。みんな一年で辞めちゃうじゃん。リーダーに労務管理の意識がないと、いつまでも労働環境が改善されないと思うよ。効率を考える観点が必要だと思わない？」

俺は酪農の勉強はしてこなかった。牛のことはさっぱりわからない。だが高い学費を払って経営学部で学んだことは、無駄ではなかったはずだ。その点では両親に感謝している。今こうして純粋な善意で報いたいと思っている。

「効率とかくだらないことという前に、まずエンドウ君ぐらい働いてみたらどうだ。お前はいつも怠けているんだろ？　一回真剣に働いてみろよ」

ブチブチブチブチ。頭の中の糸が何本も切れた。運営改善のために相談をしたい、その意図が無残に切られた。

『バンッ!』

俺はダイニングテーブルを平手で思いっきり打ち、立ち上がる。「なんだその態度はー!」

親父が叫ぶ。「ねえちょっとやめてよ」母さんがようやく止めに入る。だがもう手遅れだ。俺は開けた扉を全力でたたきつけ、家を後にする。


倉庫を改築した離れのソファーに座り、激烈な音でホワイトストライプスを聴く。ドアガラスが割れる寸前まで音圧を上げ、目を瞑る。ゆがんだギターが脳を貫通する。ドラムのキックが顔面を粉砕する。全身がしびれてすべてがどうでもよくなっていく。

シュンジが趣味の王国を築いたように、俺には俺の聖域がある。壁にはレコードがおよそ千枚。CDは二千枚以上あるだろうか。国産ミドルクラスのアンプとスピーカー、シンプルなオーディオセット。俺にとっては必要十分だ。

小金持ちが数百万かけたオーディオルームを自慢する記事をたまに見る。その度に俺の双眸から憐憫の雫が頬を伝う。高級マンションに住むお前は近隣住民の咎を恐れ、蚊の鳴くような音を出すそれを嗜むのだろう。

「音楽は、音量なんだよ」

音量こそ正義。ちまちまとしたイコライザーなど圧倒的音量の前では無力。いつだって大きい声の人間が一番偉い。音量が一番偉い。こんな激音で音楽を聴いても誰も困らない——せいぜい耳のいい近所の犬がナイーブな気持ちになるくらいだ。ここはそう、どこかにあるユートピア。

うるさいロックにもすぐに飽きたので、シュガーベイブを適音でまったりと聴きながら、モエコさんにメッセージを送る。真っ暗な海を照らす灯台、嵐にあって羽を休ませてくれる、俺の寄る辺。シーイズモエコアサギ。

『こんにちは。お元気ですか。今日また親父と争ってしまいました』

我ながら甘えているな、と思いつつもモエコさんに慰めてもらいたい気持ちがまさってしまう。するとすぐに返信が来た。最近モエコさんはすぐに返事をくれる。俺はそれこそが好意の証明であると期待せずにはいられない。

『こんにちは。元気だよー。まあ実はわたしも朝から戦争だったけどね。お父さんが付き合いで乾燥デントコーンサイレージいっぱい買ってきちゃって……。うちの濃厚飼料と比べたら消化率全然違うのに、ルーメンアシドーシスになってＨＲＳとか変位でたらどうするの、って怒るんだけど……。全然反省してない』

『なるほど。それはひどいね』

俺はモエコさんが何を言っているのか、ただの一つもわからなかった。ダンの口癖を拝借すれば、チンチンプンプンプンだ。ふたりの共通点から推測するに、おそらく牛にまつわる話ではあるのだろう。ひどいね、の返事は適当だったのだろうか。

『ほんと、ひどいよ。せめて相談してほしい。ユウキ君は、なにがあったの？』

何とかやり過ごすことができたようだ。あとで獣医さんに解説してもらおう。モエコさんの高尚な悩みに比べたら、俺のいざこざはずいぶんチープな気がして、相談する気が萎えてしまった。しかしここまで来たら今更言わないわけにもいかない。

『些細なことですよ。うちの牧場、長時間労働が当たり前だから、もうすこし効率的に運営できるんじゃないか、って提案したんですよ。そしたら、怠けるな、って』

甘ったれた文章だ。お前は何て言ってほしいんだ。わかってる。働きすぎと思われるくらい働いてから提言すればいいだけだ。親父を黙らせるだけの実績がないことが悔しかった。送信取り消しを考えたが、メッセージ横には既読と表示されている。悩ませてしまっているのだろう。申し訳ない気持ちでいっぱいだ。五分の間を置いて、返事が返ってきた。

『怠ける、って悪いことじゃないと思う。そもそも効率化って、ある意味怠けることの言い換えでしょ？　だからユウキ君は怠けるなって言われても、むしろ喜んでいいくらいなんじゃないかな。効率化について考えた結果なんだから。

でも、悔しいよね。せっかく提案したのに全否定されるのって。せめて理解を示す姿勢が少しあるだけでも違うのにね』

『モエコさん、あなたはあたたかな雨です。私はあなたのやさしさによって、すっかりずぶ濡れになってしまいました。体は冷えるどころかますます熱を帯びていきます。とめどない雨は、やがてこの星を覆い、私は溺れてしまうでしょう。私はあなたの愛に包まれ、あなたに溶けてしまいます。あなたが海なら私は喜んで藻屑にもなりましょう。そうだったんですね。雨だと思っていたあなたは、海だったんですね。モエコさん、愛しているよ』

送信はせず、全文削除。

『そう言ってもらえると救われます。モエコさんはいつもどれくらい働いてるんですか？』

改めて送信する。

『私は牛見てるのが好きだから牧場に一日中ずっといちゃうなー。計ったことないや。ずっと働いてるわけじゃないから安心して！　でも従業員たちは九時間以上働かせない。うち店やってるから、区別できなくて』

ぐう……。ますます俺が間違ってる気がしてきた。続けざまにモエコさんから返信が来た。

『でも最近は、ユウキ君に教えてもらったバンド聴きながら過ごしてるから、牧場いるのがもっと楽しくなったよ。ビッグシープ最高だね。どうもありがとう』

『こちらこそモエコさんに会えたおかげで、世界がずっと楽しくなりました。モエコさんのことを考えているときは、頭の中でテーマパークの園内音楽みたいなのが爆音で流れていて、もはや現実の音は何も聞こえません。私は毎朝その音楽で目覚めます。モエコさんが起こしてくれるんです。おはよう、モエコさん』

「…っわ、わあああ！　間違って送信してしまったあああ！　消すつもりだったのおおおお！　既読ついてるのおおおおお！」

自分の鼓膜が破れるほど絶叫していると、すぐに返事が来た。薄目で恐る恐る確認すると、雰囲気的に好意的な文章のようだ。

『ハハハ。何それ！　変なの。ずいぶん大げさだな！　でもありがとう。嬉しいよ。来週、シュンジ君ちのフェス、楽しみにしてるね。そろそろ搾乳だ。お互いガンバロー！』

笑ってくれた。ほぼ愛の告白に近い文章を、彼女は笑ってくれた。笑いは許容だ。俺は受け入れられた。婚姻届には今日この日をふたりが正式に結ばれた日、と記そう。あるいは冗談だと思われただろうか。もはやどちらでもいい。俺は落下している。スピードは加速度を増し、今や火がつきそうだ。愛は液体に似ている。燃えると期待に変わるからだ。いったい俺は何を言っているんだ？　もはやノイローゼだ。聴いてください。スオウユウキで、愛はノイローゼ。

5

　モエコさんは妹の運転する車に乗せられ、俺の家までやってきた。大学生の彼女は、免許を取ったばかりで頼めばどこへでも送ってくれるのだそうだ。助手席から降りたモエコさんがそう紹介してくれた。モエコさんの妹は運転席から値踏みするように俺の顔をじっと見つめ、俺がどぎまぎとして目をそらすと、満足したように微笑んで去っていた。

　モエコさんは紺色のパーカーの上にきつね色をしたオーバーオールを召されていた。車が去り、俺が舐めまわすように凝視していると、モエコさんは頬を赤らめて両手を振った。

「えっ！　変かな？　わたしフェスなんて行ったことないからよく分かんなくて」

「モエコさん、大丈夫です。めちゃくちゃ可愛いです。あなたが本日のヘッドライナーです」

　いよいよ直接可愛いと伝えてしまった。しかしこれはプランの内だ。俺はどんな格好で来ても可愛いと言う口を用意しておいた。鹿の生皮を剝いだものを裏返して頭からすっぽりと被っていたとしても、ノータイムで可愛いと言っていただろう。本当に可愛かったのでごく自然に口にすることができた。モエコさんは頬を染めながら、照れ笑いを浮かべている。肌が白いと、チークを大げさに塗ったみたいに頬がきれいな紅色に染まるんだな。俺はモエコさんの肌の白さをしみじみと思った。

モエコさんと会うのは今日で三回目だ。先週、映画のＤＶＤを貸すついでに近所の道の駅でご飯を食べた。その時のモエコさんは、外行き用のつなぎを着ていて、化粧気も無かった。今日、めかしこんだ彼女は、もはや俺の偶像を具現化した存在まで昇華した。美の権化、実存するメタファー。あるいはそれが、アサギモエコ。

俺とモエコさんは並んで会場への道を歩き始めた。時間は正午を過ぎたあたりで、夏の余力を使い果たすように、太陽が道の砂利を燃やしている。俺は少し暑いくらいに感じていた。

途中、研修生寮の前を通る。玄関にダンが立ち、こちらを眺めている。俺は見なかったフリをして歩みを進める。モエコさんの気を逸らすようにあさっての方向を指し「ヒマワリたちが見事に枯れていますね」、そう意味のないことを言う。しかし案の定すぐにダンが自転車で追いかけてきた。俺たちの前に自転車を止め、目の前に立ちはだかる。

「――ハピネスファームの研修生？　こんにちは、いつもナビンをありがとう」

　モエコさんは持ち前の愛嬌で初対面のダンに明るく話しかける。

「コンチハ！　アリガトー！　ドウイタマシマシテー！」

「ダン！」合掌して何度もお辞儀をするダンをたしなめる。

「アハハハ！　何それ、変なのー」モエコさんが屈託なく笑う。

「ワタシ、ダン、イイマス。ニホンゴ、チンチンプンプンネ」

「ハハハハ……。おもしろい！　君イケメンなのに変だね！」

　クソっ……。クソッ！　イケメンと言われたダンに憎悪の炎を燃やしていると、ダンが俺を引っ張り、モエコさんから引き離した。モエコさんに背を向け、三白眼でダンに正対すると、ダンは肩を組んで俺に囁きかけてきた。

「ユーキ、アナタ、ワタシノボス。ワタシ、アナタ、タスケル、デキル。アナタ、オンナ、フタリダケ、デキル。ワタシ、フェスティバル、イキタイ、デキル」

「――モエコさん、ダンが一緒にフェス行きたいって言ってるけど、どうしようか？」

　邪魔なシュンジにダンをあてがい、どさくさに紛れてふたりで抜け出す。今すべてのキャスティングが終了した。最後のピースはダンだったのだ。判断に要した時間、僅かに一秒。リーダーをリーダーたらしめるもの、それは意思決定のスピードに他ならない。モエコさんが断るはずもなかった。

　途中、道が二股に分かれた。シュンジの家に続く右の道は穴だらけで、車一台分の幅しかない。分岐点には誘導員が立っていて、入ってくる車をキャンプ場へと促す。俺たち三人も左の広く舗装された道を行く。前回来たときは濃霧で気がつかなかったが、畑に刺さる大きな看板がキャンプ場の存在を示していた。ポップにレタリングされたキャンプ場名と、カラフルに彩られたテントが描かれた、金属製の看板。明らかにプロの仕事だった。

「立派だね。うちのボロ看板とは大違いだ」

　モエコさんが見上げて言う。アサギ牧場の看板のほうが素朴で好きですよ。そう囁きたいところだが、あまりにも軽薄で見え透いているので黙って歩みを進めた。

「ダン、なんでフェスあるってわかった？」

　近づくにつれ、会場から響く音楽が大きくなっていく。ライブは既に始まっているようだ。

「ワタシ、ミュージックキコエタ。ジテンシャデ、サッキココキタヨ。ワタシ、ユーキマッテタ。ワタシ、ユーキ、シンジテイタ」ダンがそう返す。

「ふたり、仲いいんだね」

モエコさんが首を傾げ、顔をこちらに向けてほほ笑む。

「ニンゲンのトモダチ、ダンしかいませんからね」俺は自嘲的に吐き捨てる。

「ハハハ、何それ。牧場のみんなに失礼だよ」

「ユーキ、トモダチイナイ。カワイソネ」

モエコさんは口を半開きにしてこちらを見る。一瞬複雑な表情を浮かべたが、俺たちふたりが笑っていないのを見て、それ以上は何も言わなかった。


フェスの特設ゲートまで辿りつく。二本足で立つ超巨大な牛のバルーンが二体、俺たちを迎えた。左右に配備され、互いが頭上でゴールテープを引っ張るような形でゲートを形作っている。二頭が掲げている布には大きく「COWBELL ROCK FESTIVAL」と書かれている。左がメスのホルスタイン、右の黒い方は雄牛だろう。メスはドラァグクイーンのように過剰なメイクでデフォルメされ、雄のブルは大きく口を開いて、メスを誘っているようにも見える。俺はここにきて興奮がそがれたように、ひどくげんなりした。下品だ。この牛たちも、これをデザインしたやつも、みんな低俗だ。

「かわいいー」

モエコさんが送風機によって膨らみながら揺れるホルスタインに、スマホを向けて写真を撮る。俺はしかめた顔をゆっくりと戻し、不自然な笑顔を作った。

門をくぐると警備員が入場する車のチケットを確認している。受付テントの隅の方で猫背の男が所在無げに立ちすくんでいた。

「シュンジ」俺が手を振りながら近づくと、シュンジが振り返る。

「わー、シュンジ君だー全然変わってないねー、昔のままじゃーん。なつかしー！」色褪せたジーパンにチェックのシャツ。確かに中学生あたりで時間が止まってしまったみたいだ。モエコさんに話しかけられて、シュンジは身長が五センチは伸びた。化け猫の呪いがようやく解けたのかもしれない。

「あれ、ウフフ。ふたりって言ってなかった？　そこの彼は？　チケットないけど」

だがすぐに元の猫背に戻り、照れているのかモエコさんには一瞥をくれただけですぐに話題を変えた。

「ごめんシュンジ。こいつうちのネパール人研修生なんだけどさ、急に来たいって言いだして。どうにかならないかな？」

「えっ、そんな、どうかな。チケット三枚しかないし、えっ、どうしようかな」

「ワタシ、ハシッテハイル。ノーチケット、ダイジョブ」

「ダン、お前は黙ってろな。なあシュンジ、頼むよ」

最悪シュンジは帰ってもらってもいいかな、そんな風に思ったがモエコさんの手前無下には扱えない。四人で入場チェックのスタッフに相談しにいくことになった。

「すみません……。僕ただのアルバイトなんで、対応できないんですよ」

何度か交渉を試みたが、どうしても三人しか入れないようだ。しばらく途方に暮れていると、後ろから突然大きな声で話しかけられた。

「おう！　シュンジ、よく来たな！　どうした！」

振り返るとそこにはテンガロンハットにレザーブーツ、コテコテのカウボーイスタイルの中年男性がいた。口ひげをつまみ、いかにも豪傑といった感じだ。

「……あっ、あっ、おじさん、ごめんなさい。おじさんからはチケット三人分もらったんですけど、僕は聞いてもらってなかったんですけど、さっき急に一人増えてもらって困ってます。最初からもっとチケットもらってもらえればもっとよかったとおもってもらえるとおもえるんですけど……」

絵にかいたように狼狽するシュンジ。親族である叔父にここまでへりくだる必要があるのだろうか。

「おう、なんだそんなことか。じゃあ俺と一緒に入ろう。——君らシュンジの友達か！　シュンジの彼女見つけてくれよ！　こいつまだチェリーボーイだからな！

おっ、そこの可愛い君なんかどうだ！　がっはっは！」

シュンジの叔父は胸に下げたＶＩＰのタグをアルバイトの係員に突きつけ、彼が反応する間も与えずにそのまま五人で会場内に入ってしまった。結局俺たちはチケットを一枚も使わなかった。「それじゃあな！　祭りを楽しもうぜ！」カウボーイはそのまま豪快に去っていった。


「あれ、母さんの弟。僕にも母さんにも、全然似てないよね」

「うーん。そうだねえ……」

シュンジの叔父は苦手なタイプなのだろう。ずっと黙っていたモエコさんはようやく口を開いた。確かに彼はシュンジ母子に全然似ていない――少なくとも彼は猫背ではなかった。

「あのおじさんがキャンプ場の運営やっていて、このフェスもどこかの会社と一緒になってやってるんだって。おじさんは五年位前に急に戻ってきて、あっというまにキャンプ場になったんだよね」

下手したらあの人はシュンジの母親とは異父姉弟かもしれないな。そんな想像が一瞬よぎったが、栓のないことを考えるのはやめた。

「ねえ、ユウキ君！　フェスってお店がいっぱいあるんだねえ！　ご飯屋さんだけじゃなくて、服も売ってるよ！」

広い円形のキャンプ場にカラフルなテントが所せましと乱立している。まるで陽気な難民キャンプだ。それらを取り囲むように出店がいくつも並ぶ。

「いやあー緑が綺麗だねえ。これ、牧草？」

モエコさんは手庇を作り、キャンプ場を見渡す。

「あー、そうかもしれないです。いつもお父さんがトラクターで整備してます。キャンプ場になる前までは、牛舎の牛を放牧してたんですよ。昔は牛がいっぱいいたなあ」

シュンジが昔を懐かしむように遠くを見つめながら説明してくれた。

キャンプ場の奥の方はステージエリアになっているようだ。ホーン隊のセッションとともに、オーディエンスの歓声がここまで伝わってくる。

「ユーキ、ワタシタチ、カンペイスル、イイ」

普段中国人研修生と過ごすダンは「乾杯」が中国なまりだ。モエコさんは「昼から飲んじゃうなんていいのかなー」なんて言っているが、まんざらでもない様子だ。俺たちは出店にできた列に並んだ。

「ここは今回のきっかけを作った私がおごらせてもらってもいいですか。ダンは、ビール？　モエコさんは……ジントニックね。俺もジントニックにしようかな――」

「あ、僕はお酒大丈夫です。ウーロン茶で……」

シュンジが左手をスッと上げる。

「シュンジ君、お酒飲めないんだ」モエコさんが聞く。

「いえ、飲めないっていうか……。あのー、飲んだことないです。そんなに興味ないっていうか。やっぱり変ですか？　ウフフ」

「えっ、一回も？　今二十四歳でしょ？　……珍しい」

「いや絶対変だって！　今まで試しに飲もうと思わなかったわけ？　じゃあ今飲もうよ。シュンジの初飲酒体験ってことで」

「いや、あんまり人前で飲みたくないっていうか。緊張するし、じゃあ今度ゆっくり飲むよ、ウフフ」

「酒飲むのに緊張って……」

俺がほとんど呆れていると、列が進んで俺たちが注文する順番になった。

「ね、無理して飲んだって楽しくないし、シュンジ君はウーロン茶でいいんじゃない？」

俺はモエコさんに従い一杯のビールに二杯のジントニック、ウーロン茶を注文した。長い夜がその一杯から始まった。

6

「カンペーイ！」

ダンにならって中国式の乾杯をする。何か食べてみたいとモエコさんが言えば、今度はシュンジが食べ物をおごると言い出した。お酒こそ飲まなかったものの、この場を楽しむ気はあるらしい。焼き鳥セットをほおばりながらステージのある奥へと向かう。

ステージ周辺はテープで仕切られ、テントを張ることができない。そこに集まった千人はいるだろうオーディエンスたちを、大所帯スカバンドが盛り上げていた。ダンがヘラヘラとした顔で両手をヒラヒラとさせ、腰をフラフラとまわす適当なダンスを踊りながら、「ポャー！」とキテレツな声を上げてはしゃぐ。俺も尻をホラホラと上下左右に揺らせていると、ハラハラと気分が高揚していった。

俺たちが着いた時には最後の曲に差しかかっていたようで、最後はリーダーと思しきキーボーディストがアンプの上からジャンプして鍵盤を叩きつけ、大盛況のままステージを終えた。

終演後、今度はダンが全員におごると言うのでお店へ戻った。ダンの財布には四百円しかなかったので、モエコさんが全員分支払い――モエコさんはゲラゲラと笑っていた――二杯目のお酒を飲んだ。俺たち四人は店の前に用意された簡易なテーブルに座り、ライブの余韻に浸って上気した人々がテントへ帰っていくのを眺めた。

「すごいね。みんな陽気で、ちょっと圧倒されちゃった。ここって日本じゃないみたい」

モエコさんの言いたいことはよく分かる。十九歳で初めて音楽フェスに参加した俺は、その非現実的で退廃したムードに打ちのめされたのを覚えている。音楽を聴き、お酒を飲んで声を上げ、人前で踊る。これは本来日本にはない文化だろう。モエコさんは海外の見知らぬ村に突如迷い込んだ旅行者のように、慣れない雰囲気に未だ戸惑っているみたいだった。彼女をすみやかに安心させる必要があり、それは俺の使命のはずだった。

「実は俺も最初は怖かったです。でも慣れてきて俯瞰で見ると、みんなが一様じゃないってことに気づくんですよ。周りと一体感を求める人は多くいるけど、ひとりの世界でじっと音楽を聴いている人もいるし、何をするにも自由なんですよ。気ままに行動できるところが、フェスの良さだと思いますね。ちょっと服装が派手なだけで、ほとんどの人が普段はまじめな社会人ですよ。実際には怖い人なんていません」

モエコさんが納得したような顔をしかけた。

「マリワナ」

「えっ」俺とモエコさんが突然何かをつぶやいたダンに聞き返す。

「アソコデ、マリワナヤッテル」

「……えっ、何？　ワナ？」モエコさんが聞きなれない単語をキャッチできずに聞き返す。

俺は急いで立ち上がり、トイレに行くと告げるとダンの腕を強く引きその場を離れた。

「——おい！　ダン、ふざけんなよ。モエコさんの前で変なことを言うなよ」

「スミマセン。ワタシナツカシカッタ」

ダンは俺の気迫に押されたのか随分申し訳なさそうに謝った。誰かが大麻を吸っている。そんなことは知りたくなかった。モエコさんに伝わっていればきっとすぐに帰ると言い出すだろう。ネパールではどこまでが普通なのだろうか。ダンとの文化的な隔たりを、久しぶりに認識させられた。

トイレから帰り、遠巻きに観察すると何事もなかったようにシュンジとモエコさんが談笑しているので安心した。俺が戻ったことに気づくと、ふたりは顔を見合わせ、俺に目を向ける。

「――えっ、どうしました？　何かありました？」意味ありげに沈黙するふたりに俺は聞く。

「ユウキ君変わったなって、話してたよ」

シュンジが答えた。俺は席に着く。

「最初はシュンジ君とお互い変わってないね、って話してたけど、よく考えたら十年でそこまで人って変わらないなって。ユウキ君が変わりすぎなんだ、って結論になったよ。どこが変わったかって言うより、雰囲気とか、ほとんど別人だよね。実は私たちふたりともそれをずっと思っていて。この十年でユウキ君に何があったのかなって」

「あー……」俺は答えあぐねる。地元に戻って半年がたち、再会する人々の発言で俺も段々と認識し始めていた。確かに俺は昔と変わったのかもしれない。でも、どこからどこまでのことを話せばいいのだろうか。

「ダン、ジントニック買ってきて。ダンの分も買っていいよ」

空になったカップを見つめ、物欲しそうにしているダンにおつかいを頼む。しばらく頭の中で話を整理し、ダンが戻ってきたのを合図に俺はゆっくりと話し始めた。

「――シュンジ、怒らないでほしいんだけど……」

シュンジは自分の名前が唐突に呼ばれ、意外そうに顔を向ける。

「俺たちさ、中学の時はクラスで結構いじられたり、してたよな。シュンジはシュンジで嫌な思いしたと思うけど。俺は一人野球部の最下層にいて、全員からいじりの対象になってたんだよね。俺以外みんなリトルリーグの仲間でさ。俺だけ剣道やってたから完全に出遅れちゃって。俺ってそのころヒョロガリだったたし、アトピー持ちで顔がボロボロでいつも下向いてたし。嫌な時代だったな……。ふたりのは、その時の印象だと思うんだよね」

俺の独白が始まってすぐに、モエコさんの表情が硬くなるのが分かった。

「ユウキ君ごめん。そんな意味じゃなかったんだ。正直に告白するけど、ユウキ君のことほとんど印象なくて、おとなしかった子、くらいのことしか覚えてなくて。余計残酷なこと言うかもしれないけど、ユウキ君の言うような悪い印象すらなかったの。嫌な過去を掘り返す気なんてなかった。軽率だったね。ごめん。もうやめよっか、この話」

モエコさんは優しいな。きっと優しさは誠実さなんだろうな。

「いや、ここまで話したら最後まで話さないと、それこそ悲しい話で終わっちゃいますよ」

テーブルの上で大粒の汗をかいたお酒をちびちびと飲みながら、俺は話を続けた。

「俺ね、高校も大して楽しくなかったんですけど、勉強だけはそれなりにやって、東京の私大に進学したんですよ。それで昔からそこそこ音楽を聴いてる方だと思ってたから、中古レコードショップでアルバイト始めたんです」

――夕暮れを迎えるキャンプ場では、テントで焚火をする人たちがちらほら出始めた。ゆらゆらと揺れる灯りが、薪の燃える匂いをのせてここまで届いてくる。

「そこのレコードショップの三十代前半の男の先輩に、俺めっちゃ影響されたんだと思います。ロン毛なのに前髪がビシッと揃っていて、ガリガリでいつもスキニーパンツ穿いてる、見た目はいかにもサブカル！　って感じの人で。田舎から上京したての俺にはカッコよく見えたなあ。生まれて初めて遭遇した文化人、って感じですかね。

バイト初日に、その人の家で俺の歓迎会があって、そこで衝撃的な光景を目の当たりにしたんです。２Kの間取りのほぼすべてがアナログレコードで埋め尽くされてました。数千って単位じゃきかなかったと思います。バイト仲間四人でレコードの山に囲まれて音楽談義をするんですけど、バンド名も、ジャンルすらも、マジで何一つ言ってることが理解できなかったなあ。ショックでしたね。

その先輩、本当に音楽以外一切興味ないような社会不適合者で、バイト代をすべてレコードに変えてたから昼はいつも菓子パン一個。客に欲しいＣＤがないことを咎められると、あんなサルのハナクソみたいなバンド聴かないほうがいいですよ、って言って怒らせてたのは笑ったなあ。店長には煙たがられてたけど、なぜか俺は気に入ってもらって、その人にいろんなバンドを教えてもらったんですよ。ライブとかフェスにも連れて行ってもらえて。

最初は先輩やバイトの人たちの話についていきたいのが理由で、ひたすら音楽聴きまくりましたね。大学いるときも講義中ずっと聴いたりして。気がついたら本当に、心から音楽好きになってたんですよ。何かを突き詰めて好きになったのって生まれて初めてで」

モエコさんが真剣に聞いてくれているのが分かる。ダンは口を半開きにして焦点の合わない目ではるかかなたを見つめている。きっと退屈で今にも発狂しそうなのだろう。

「そうなってからは、皆に合わせるのなんて馬鹿馬鹿しいことはやめよう、って思えるようになりましたね。音楽は細分化されまくってて、ほとんど俺くらいしかこの音楽の良さは理解できないんじゃないか、ってくらいマニアックなものも存在して。逆に名作と呼ばれるものにだって、俺にとってはつまらないものもたくさんあるし。

価値観、快不快のものさしは、個人の財産だ。俺には俺の人生の楽しみ方がある。みんなが楽しいって思うことを無理に楽しまなくてもいい。嫌なことが目の前で起きても自分の世界の軸とは違うから無視すればいい。そんな風に考えるようになりましたね、今では」

ふーっ、と大きく息をはいて目の前のプラスチックカップの中身を一気に飲み干す。氷の溶けたジントニックは、いくら飲んでも酔えそうもない気がした。

「カッコイイね。そう、なんだかユウキ君、自信にあふれてるなって思ってたんだ。いろいろと、乗り越えたんだね。いい先輩に、出会えたんだね」

モエコさんが頬杖をついてほほ笑みかけてくれる。俺はその笑顔でこの一年分のカタルシスを感じて、今にも泣きだしそうだった。

ちなみにその先輩はどこかの店でレアレコードを万引きしているところを捕まって、それがバイト先にも伝わって店はクビになった。それから一年ぶりにアパートに行ったら部屋にはきれいさっぱりなんにもなくて、ユウキ君、僕の音楽はすべてこのスマホの中さ、これからの時代は定額制、つまりサブスクリプションだよハハハハと笑っていたな。そんでそのあと何もない部屋でふたりして缶チューハイ飲んでたら先輩が突然股間を触ってきて、ねえユウキ君、ここもサブスクリプションさせてくれない？　って猫なで声で言ってきたから俺は先輩を突き飛ばしてそのままダッシュで逃げてそれ以来連絡を絶ったけど、その話はこの状況にそぐわないから黙っておこう。

「はい……。そうですね。いい出会いだったと思います」

はにかんでモエコさんに応える。

「乗り越えられなかったらどうですか？」

——その唐突に発せられたシュンジの言葉は、硬くごつごつしていて、すぐには飲み込めなかった。

「乗り越えられなかった人は、カッコ悪いですか？」

表情のないシュンジの顔の中、目だけがぬらぬらと輝いている。俺とモエコさんはお互いを見ようともせず、ただ言葉に詰まっている。ああ、俺はなぜ最初にシュンジを引き合いに出したのだろう。この話をシュンジがどういう気持ちで聞くことになるのか、モエコさんに話すことに夢中で、俺は一度も意識しなかった。シュンジは俺の引き立て役か。——きっとそうなんだろう。俺はシュンジを話のだしに使った。弱かった自分なら、俺一人で十分だったはずだ。きっと俺はまだそのころの自分が恥ずかしいんだろう。恥を薄めたかったのだろう。俺はここに至るまでの自分の底の浅い戦略が、全てシュンジに見透かされている気さえした。

「シュンジ……、ゲーム界の英雄シュンジもカッコイイよ……」

「仮想現実だけどね」

シュンジは笑わなかった。いつもみたいに気色悪い笑い声を聞かせてほしかった。だが俺の見え透いた取り繕いが通じる雰囲気ではなかった。モエコさんすらこの場を打開できずに当惑していると、面倒を察したダンがトイレに行くといって席を離れた。三人になってより濃度を増す沈黙。それ破った人物は、目の前の焼鳥屋の奥からやってきた。

「モエコー！　やっぱりモエコじゃん！　やべー！　まじやべー！　うわ懐かしー！」

──そいつの顔を見た俺は、実際に心臓が縮んだのだと思った。はじめ極端な感情の変化は言葉を生まず、自分が萎んでしまって固くなるのを感じるだけだった。そこから遅れて無数の「何故？」が頭で何度も繰り返される。フェスの住人たちとは明らかに異質。金色の短髪でゴリラのような筋肉質の体に張り付く白いシャツ。シルバーのネックレスが下品に反射する。俺が二度と会いたくない人間ランキング、殿堂入り不動の一位、ヒデキだ。

「ヒデキ君？　あー、ヒデキ君だ。えっ、ここ、ヒデキ君のお店？」

「そうよ！　フェスのスタッフにツレがいて、頼んで出店させてもらったのよ。焼き鳥マジウメーべ？　モエコ俺の店来たことある？　駅前の居酒屋。今度来いって！　ヤッチとかケイちゃんとか毎週来るよ！　マドカも子ども連れてたまに来る！　モエコが来たらテンション鬼上がんべ！」

ヒデキの発する言葉は皮膚全体にまとわりついて、被膜が厚くなっていくように不安が増していく。気分がひどく悪い。さっき食べた焼き鳥が実はひどくグロテスクな肉塊だったような妄想に駆られる。

「あー、マドカの子ももう小学生かー。ずっと会ってないなあ」

「モエコ誰と来てんの？　……ん？　んん？　お前……シュンジ？　うわっシュンジじゃん！　うわ！　うわーやっべー！　めっちゃレアキャラじゃん！　超ヤベー！　なんでお前がモエコといんだよ！　えっ写真撮っていい？　インスタあげねーと！」

シュンジは終始ずっと俯いていた。必死に存在を消していたのであろう、その甲斐もむなしく見つかってしまう。シュンジは細かく震えている。

「ちょっとやめなよ。なにそれ、いきなり失礼だよ」

「いや違うんだって。こいつ高校からいつの間にかいなくなったから、みんなめっちゃ会いたがってるんだって！　全然連絡つながらなくなったし、みんな死んだと思ってるから教えてやんねーと！　おう、シュンジ、写真撮ってもいいよな」

ヒデキがしゃがんで俯いたシュンジの顔を見上げる。ニヤニヤと不愉快な笑みを浮かべながら既にスマホをシュンジに向け、画面を操作している。

「い、いや……。だいじょうぶです。ウフフ」

どちらとも取れる回答が精いっぱいの反抗なのだろう。俺にはシュンジの心境が痛いほど——いや、実際に痛みを伴って——理解できた。

「あー！　懐かしいその笑い声！」だがヒデキはシュンジの返事など聞いてはいない。スマホから機械的なシャッター音が何度も響く。

「おい、動画で撮るからもう一度笑って！　ねっ、お願い！」

俺は不快感で今にも嘔吐しそうになる。だが何もできない。立ち上がってみんなを連れてこの場を去る。たったそれだけのことができない。

「ユウキ君、もう行こっか」

モエコさんは手をテーブルについて勢いよく立ち上がった。

「なんだよ、モエコ怒んなよ。ふざけただけじゃん。——ん、ユウキ？　お前ユウキ？　ユウキって、スオウユウキ？」

ヒデキが俺にむかって顔を突き出す。その顔は人間のものとは思えなかった。ヒデキの声はエコーがかかったように遠くから聞こえる。俺は魚のように口をパクパクと動かす。ふいに顔がかゆくなって、俺は口の端を爪を立ててかいた。

「え、お前全然わかんなかったわ！　うわー懐かし！　なんかオシャレなジャケットきてるし、生意気だな！　これ俺もらってもいい？　ハハ、めっちゃ欲しいんだけど！　あ、じゃあ中学の時みたいに肩パン対決する？　でもお前すぐ泣くもんなー！　ヒデキ先輩やめてくださーいって」

ヒデキにそう言われて、俺は泣きたいんだと思った。実際今にも泣きそうだった。

俺はなぜか、謝ってしまいたかった。もう何もかもすべて謝って、終わりにしたい。その衝動が沸き上がってきた。でも俺はいったい何について謝ればいいのだろう。

「ヒデキ君、もういいかな？」

俺がよほどひどい顔をしていたのだろう。モエコさんがこの場を離れることをヒデキに伝えた。

「オウ！　お前らふたりで店来いよ！」

ヒデキは俺とシュンジの間に入って肩をかける。ヒデキもそれで話を終わりにするつもりみたいだった。ヒデキに辱められ、モエコさんに助けられた。それでもプライドを取り戻すつもりはなく、一刻も早くこの場を離れたかった。

「絶対に行きません」

震える声で、シュンジは確かにそう言った。俺は心臓が止まりそうになるくらい速まるのを感じた。硬いゴムでも無理やり飲み込まされたように、胸が苦しくなる。

「……あっ？　あっ？　なにお前、今俺になめたこと言った？」

ヒデキの顔が悪鬼のようにみるみると険しくなる。

「ヒデキ先輩、こいつお酒飲めないんですよ。変な意味じゃなくて。すみません」

なぜか俺が弁解する。俺だってシュンジになんでそんなことを言ったのか問いただしたかった。シュンジは自分が当事者であることを理解していないような態度で、キョロキョロと目を泳がせている。

「てめーに言ってねえよ」ヒデキは俺の顔を見ようともせず、シュンジと鼻が付きそうなくらいに顔を寄せた。

「おい、シュンジ、てめえシュンジのくせに俺になめた口きいたな？」

ヒデキがシュンジの肩を小突く。シュンジはもう何も言わない。さっきまで溺れかけていた人間のように、ガタガタと震えている。

「オイ、てめえなめてんのか？」

ヒデキはその大きな掌でシュンジの頬を摑んだ。指が深くめり込んで、シュンジの顔が苦痛で歪む。ヒデキのシャツの袖が下がり、タトゥーが露わになる。

「ねえ！　いい加減にして！」

モエコさんが周りの人にも聞こえるくらい大声で叫んだ。店のスタッフがこちらを見ている。周囲を歩いていた人々が立ち止まる。

「いったいなんなの！　本当にバカみたい！　ヒデキ君もういい大人なのに頭おかしいんじゃない？　ずっと嫌がってるじゃん。そんなこともわからないの？　ねえ、一つ教えてあげようか。このフェスの主催者、シュンジ君の叔父さんだからね。今すぐこの店閉めさせるくらい、なんてことないんだよ！」

モエコさんはそこまで一気にまくし立てた。ヒデキの動きが止まる。ここにいる誰もが固まっている。ここだけゆっくりと時間が流れているみたいだ。

「フハ、フハハ。ハーハッハ！　ハハハハハ！」

突然ヒデキは気がふれたように笑い出した。腹を抱え、時折シュンジの肩を叩く。

「モエコー、なあ、何マジんなってんだよ！　わかってるよ！　全部冗談だって！シュンジ、ごめんな？　ちょっとふざけすぎたわ」

ヒデキが周りの人間に聞かせるために大袈裟にしゃべる。シュンジもへらへらと笑う。立ち止まった人たちも興味を失ってみんなその場を去っていく。こいつのこういうところが一番嫌いだ。見た目も頭もマッチョなゴリラのくせに、狡猾に損得勘定をする。これ以上は自分に不利益になると思ったら、すぐにおどけて見せる。俺はヒデキが大嫌いだった。中学生の時、何度も死んでほしいと願った。今でも変わらずにヒデキが大嫌いだった。それなのに、俺はヒデキに合わせてぼんやりと笑っていた。

ダンが戻ってきたのを合図に、俺たちはその場を離れた。

7

「もうすぐビッグシープのライブじゃん！　ちょっと、急ぎましょう！」

俺は過去を空白にするべく軽薄にやり過ごそうとする。シュンジはずっと俯いたままで、猫背を通り越しておじぎをしているみたいだ。

「いや実はね、さっきの話には続きがあって、最終的に俺が好きになったジャンルってのが、アメリカインディーズロックなんですよね。なかでもニューヨークのブルックリン地区から出てくるバンドたちが異彩を放っていて、アメリカのチャートにのるような音楽って実は日本と同じで大抵がゴミみたいなのばかりなんですけど、ブルックリンのバンドたちはシーンとかお構いなしで独自の路線を貫いてるんですよ、って言っても音楽性が似てるわけじゃなくて、その創造性とかアティチュードっていうのかな、どこにも媚びない尖ったスタイルみたいなのがあって、基本的にはアートなんですよね。でもそれでいて音楽はどこまでもポップさに真摯で、そのバランス感覚に優れたバンドたちが、ブルックリンっていう東京二十三区にも満たない狭い場所から毎年次々と生まれてきて、いったいこのブルックリンって場所はどんな所なんだろうって昔から憧れていて、その中の一つのバンドが今から出る、ビッグシープなんですけど……」

「――僕、もう帰るよ」

シュンジが俺の言葉を遮って、踵を返し出口へ向かった。止める間もなくどんどんと向こうへ行ってしまう。ダンとモエコさんにここで待っているように伝え、俺はシュンジを追いかけた。

「おい、シュンジ。大丈夫かよ」

入場ゲート、牛のバルーンの下で、シュンジに追いついた。腕をつかむと、シュンジは振り返り、顔を上げる。泣いているかと思った。だが、シュンジは憤怒の表情を浮かべていた。

「ユウキ君、悔しいよ」

声が震えている。

「僕、バカだから市で一番底辺の農業高校しか入れなくて。入学してすぐに、同じ中学校ってだけでヒデキが僕をいじめるようになったんだよね。あいつ僕をいじめることで周りに自分の力を見せつけようとしてたんだよ。

放課後に、一発芸をみんなの前で毎日やらされたよ。僕はへんな踊りを踊ったり、歌を歌ったり、全員が笑わないと罰ゲームで、結局それが目的だから必ず罰ゲームさせられるんだけどさ……。髪の毛切られたり、誰かに告白させられたり、牛の真似させられたり、お尻を蹴られたり、裸にさせられて、みんなからまだ熱いタバコの灰を落とされたりもしたな。それがさ、どんどんひどくなっていってさ……」

シュンジはもう泣いていた。でもそれは悲しいからじゃない。きっと怒りが限界を超えたからだ。だから俺はシュンジが笑っているようにも見えた。

「――僕は制服着たままプールの消毒槽みたいなくぼみに座らされて、ヒデキの取り巻きみたいなカスたちと、ヒデキから……オシッコかけられたんだよね。今でもさ、その時の臭いを思い出すよ。――もうその日から高校行くのやめたんだ」

俺は黙って続きを待った。

「……でもさ、僕はそのことを思い出して怒ってるんじゃないんだ。僕はさ、最後の復讐のつもりで高校をやめたんだ。一人の人生を台無しにした、そうあいつらに罪悪感を与えてやろうって。あいつらはこれまでの九年間、ふとしたときに僕のことを思い出して自分の愚かさに後悔してるんだ。それが、僕の救いだったはずなのに……。あいつ、僕がやめたことも知らなかった！」

拳を強く握りしめるシュンジが痛々しかった。そんなシュンジを見ていられなくて顔を上げると、ライトに煽られたバルーンが威圧的に俺たちを見下ろしていた。

「シュンジ、なんて言ったらいいか分からないけど……。ヒデキみたいなやつらは元々罪悪感なんて持ち合わせていないいんだよ。だから平気でひどいことができるんだよ。あんな馬鹿たちに人生を振り回されちゃだめだと思うよ」

俺だって本当はつらかった。野球部でヒデキに何度もいじめられた。何年も忘れていた記憶がさっきから何度も浮かんでは消えた。でも、共感でシュンジを慰めることだけはしたくなかった。それだけはしちゃいけないと思った。――それが今、俺たちにとって一番惨めに思えたから。

「ウフフ……」シュンジが笑う。

「僕はユウキ君が、うらやましいよ。僕はユウキ君のすべてが、うらやましいよ」

俺は立ち去るシュンジをそれ以上追うことはしなかった。

ステージ前に戻るとモエコさんが知らない男に話しかけられていた。俺が近づいたことが分かると、男は笑顔で手を振り離れていった。

「モエコさん、今の、何?」

「なんか急にお酒おごってもらった……。ユウキ君、これって……」

「ナンパです。そのお酒は俺がもらっておきます」

「え、ダンは?」俺はモエコさんから半ば強制的に奪ったカンパリオレンジを飲みながら聞く。

「なんか女の子から話しかけられて、ふたりでそのままどっかいっちゃったよ。シュンジ君、大丈夫だった？」

俺は深いため息をつき、モエコさんに気づかれないようにその甘ったるい酒を地面に捨てた。

「大丈夫だと、思いますよ。ヒデキ先輩苦手みたいだったから、近くにいたくないんだと思います」

「ヒデキ君って昔から威張ってたけど、もっとひどくなってた。私ヒデキ君大っ嫌い」

「……。あ、もうすぐライブ始まりますね。前の方で見ましょうよ」

ステージ前には既に数百人の観客たちが集まっていた。あたりはすっかり暗くなって、照明がカラフルな衣装に包まれた人々をよりサイケデリックに照らしている。ステージにはギター、ベース、ドラム。背後には羊の顔が描かれた巨大な黒い幕。このバンドはこれが初来日で、観客たちの熱気はすでに高まっている。談笑する周りの人たちに取り残されて、沈黙するふたり。モエコさんが俺に声を掛けようか逡巡しているのを感じる。ああ、何もかもが台無しになった。

「シュンジ……」俺がそう口にすると、モエコさんは返事をする代わりに俺の横顔を見た。

「ねえ、モエコさん。シュンジ、かっこよかったですね。ヒデキに対して、絶対行きませんって。俺、心臓が止まるかと思いましたよ。――俺は、かっこ悪いなあ。強くなったって話したすぐ後に、あれだもんなあ。ホント、情けないですよ。恥ずかしいなあ。俺は恥ずかしい男ですよ」

俺はずいぶんと卑屈な笑顔をしていることだろう。ニヤニヤと笑みがこぼれる。自分の意思に反して、どうしようもなく笑ってしまう。

「……ねえ、ユウキ君」「でも」

「――でも、自分でも驚きました。俺自身がそのまま成長して強くなったわけじゃない、ってことに。ヒデキの顔見ただけで、中学生だった自分がそっくりそのまま全身を支配したんですよ。過去からタイムスリップしたみたいだったな。大人になったはずの俺は何にもできなくて、ああ、あの頃の自分は消えたんじゃなくて、今も変わらずこうして自分の中にいたんだ、ってその時初めて知ったんですよ。ゲームの主人公のレベルが上がっていくように、強さが上書きされていったわけじゃなかったんですよ。いじめられて毎日俯いていた時の自分こそが、俺の本質なんだってことに気がつきました。……俺は負け犬のままですよ」

「そのとおりだと思う」

　さっきまでの同情するような表情は、モエコさんから消えていた。

「あ、違うよ。負け犬、ってことじゃなくて。成長って上書きされていくことばかりじゃないと思う、ってこと。勿論自転車が乗れるようになったり、牛に人工授精ができるようになったりする成長もあるけど。人の本質なんて、一言で言い表せないよ。私だって、機嫌が良くてすべてにやさしくできる日もあるけど、例えばお父さんや妹にすごく残酷な言葉をぶつける自分もいて。それで自己嫌悪に陥ったりもするよ。でもお父さんだっていい大人なのに、子どもみたいにわがまま言って家族を困らせるし、そうかと思えば皆の前では真面目な経営者だったりもする。

　人ってそんなものだよ。今のユウキ君の中に弱い自分を発見できたってことは、それは強くなったユウキ君も同時に存在している、証拠だと思うよ」

　そこまで言うとモエコさんは一旦俺を見て、ふっと表情を緩めてほほ笑みかけてくれた。俺は鼻の奥がツンと痛くなり、目頭に涙がたまっていくのを感じていた。

「それにね、ユウキ君って一見ふざけてばかりのお調子モノに見えるけど、ふとしたときににじみ出てくる優しさみたいなところがあって、それはユウキ君が言うところの負け犬のお陰なんじゃない？　人の痛みが分からなければ、優しくなんてなれないよ。私はユウキ君のどっちの面も、好きだよ」

俺は今にも溢れてしまいそうなこみ上げるものを、もうこれ以上我慢できなかった。

「すみません……、モエコさん」俺はモエコさんに背を向ける。

「え?」

「ハアークシュン! ブえぇークシュン! ダァークション! ブゥワークシュェオン!」

メタルバンドのライブに心酔するオーディエンスのように、何度も激しく頭を振り、脳みそが鼻から飛び出しそうな勢いでくしゃみをする俺。その横で唖然とするモエコさん。

「……はあ、はあ。薬あるかな――。あっ、財布に一個予備があった。すみません、ちょっと飲ませてください」

唾液で溶けるタイプの錠剤を口に含む。ふいごのように胸を膨らませ、大きく息を吸っては吐く。

「モエコさん、ここって牛舎に近くないですか? 牛の匂い、しません?」

俺は握った拳で瞼をグリグリとこすりながら聞く。そうすると目の奥で黄緑色の稲妻が走った。

「え、えっ? ――う、うん。そう言われてみると、かすかに牛の香りがするような……」

モエコさんはスンスンと何度か鼻から音を立てた。

「ですよね。多分このステージの裏がウスキ牧場の牛舎なんですよ。モエコさん俺ね……、牛アレルギーなんですよ」

「牛、アレルギー？」

モエコさんは正体不明の料理を口に含んだときのような、複雑な表情を浮かべている。「ぷっ」、やがて噴き出した。

「フフっ、アハハハ！　何それ！　君牛飼いでしょ？　そんなことってあるの？」

「笑いごとじゃないですよ。こっちは切実な問題なんですから。まあ薬のめば治まるんですけど」

「いや、笑ったのは申し訳なかった。ただ、まじめな話をしてたから緊張の糸がきれちゃって。いやーおかしいよ」

モエコさんは目尻の涙を拭いながらそう謝った。アレルギーでぼんやりとしていた頭が、霧が急激に晴れていくようにクリアになっていく。薬がこんなに早く効くはずがないとはわかっていても、そう思わずにはいられなかった。

「まあ、皮肉な話ではありますよね。パン屋の倅が小麦アレルギー、みたいな」

「うん、猫アレルギーの猫カフェ店主も世の中にはいるかもね」そうモエコさん。

「そうそう、カナヅチのスイマーみたいなものですよ」

「……んん？　それは違うんじゃない？　カナヅチだったらそもそもスイマーになれなくない？」

「じゃあ、対人恐怖症の落語家は？」

「あー……、うー……、うん、対人恐怖症でも落語家にはなれる。大成はしないと思うけど。でも牛アレルギーから随分遠ざかったかな」

「嘘のつけない政治家」

「急にでた社会風刺。センスがオジサンのそれだわ」

「心優しき殺人鬼」

「ハハハ。B級映画のタイトルみたい」

「次、モエコさんの番です」

「えっ？　私？　えっとねえ……んー、音痴のー、オペラ歌手？」

「いやそれカナヅチのスイマーと同じじゃないですか！　さっきモエコさんが指摘したばかりですよね。初歩的なミスですねー」

「うるさいな！　なんだよー！」

「ハハハ」

ふたりして周りの目も憚らず大声で笑った。笑いつかれた後の心地よい余韻が訪れるその前に、俺はモエコさんに向き直った。

「モエコさん、どうもありがとう」

「ん、何が？」

　全部に、ですよ。そう口にしようとしたとき、ステージが煌々と照らされ歓声があがる。空気がビリビリと震えた。ステージにメンバーが現れたらしい。気がつくと人が数えきれないほど集まっている。皆なるべく近くで見ようと、後ろからゾンビの大群のように押しよせてくる。

　とっさに、モエコさんの手を握る。はぐれてしまわないように、強く引き寄せた。モエコさんはライブ自体初めてなのかもしれない。少し緊張しているのが握った手からも伝わってくる。四方からくる人の圧力にも戸惑っている。

　ステージでは顔面のほとんどを髭に覆われたドラマーがハイハットの位置を調整している。髪が腰まで伸びた男か女――多分男――のベーシストは、全身黒ずくめで、足元を凝視しているので顔が見えない。ギターボーカルの女性は小柄で華奢だ。のろのろとギターのストラップを肩にかけ、マイクの位置を調節している。ステージにはこの三人しかいない。俺はモエコさんの少しだけ汗のかいた柔らかい手を一層強く握った。腕から肘、肩にかけてモエコさんと接している部分から、過剰に体温が伝わってくる。そこだけ病的に発熱しているみたいだ。モエコさんがこちらに顔を向ける。俺は見つめ返すことができず、ゆっくりと瞬きをする。

「ハイ」
ギターを抱えた女性ボーカルが一言そう呟くと、割れるような歓声が上がる。だがその刹那、それを切り裂いて彼女は絶叫し、エフェクターを踏むのと同時に爆音でギターを鳴らした。

そのライブを俺は正確には記憶していない。断片的にフラッシュバックする幻想的なムード。理解を拒絶するようなシュールな展開。崩壊寸前で成立する混沌……。それらが意味を結んだ時の興奮！　三人が作る轟音が混然一体となって、もはや何も聞こえない。それは静寂にも似て、そこには一つの矛盾が存在していた。時間は無限に圧縮され、開演とほとんど同時に、それは終わった。

「Nice to meet you」
結局その日ボーカルの彼女が発した言葉は、去り際のその一言だけだった。初めて遠慮がちに笑顔を見せ、架空の存在だった彼女は少しだけ人間に戻った。いつの間にか手を離していた俺とモエコさんは拍手でバンドに応える。ステージに立つ三人はお互いを見つめ、満足したような表情を見せると、こちらを振り返りもせずにステージを後にした。

「……すごかった。私こんなこと、初めて」

　上気したモエコさんは、震える声でそう言った。

「すごかった、ですね」

　俺のほうも頭から湯気がのぼっていたに違いない。

「あの人、一回も笑わないし、しゃべらないし、すごく怖かった。えっ、なにか怒ってるのかな？　って。これが普通なの？　って、何度もユウキ君見るんだけど、放心状態で応えてもらえなかったな」

「はは、すみません。没頭してました」

「でも段々とね、ああ、この人たちは単純に、ただシリアスなだけなんだってわかった。それも常軌を逸して。私、人があそこまで真剣な姿って見たことない。ねえ、本当に、すごかった。感動した！」

　モエコさんは溜めきれなくなった興奮を吐き出すように喋る。俺はむしろ気圧されているくらいだった。学生時代、夢中でライブハウスに通った毎日を思い出す。

「調和を求めるピースフルな空間を想像していたら、驚きますよね。俺もあそこまでストイックなライブは初めてですよ。すごくよかったです。最高でした」

俺たちは興奮を冷ますように一杯ずつ冷えたアルコールを注文し、喧騒から逃れるように会場内を歩いた。林の中にキャンプ場利用者のための水場があり、すぐそばに木製のベンチが据え付けられている。俺とモエコさんはそこに腰を下ろし、しばらく遠くの灯りを眺めた。意識するとモエコさんの手の感触がまだ残っていて、それはほとんど実在していた。

「——手、痛くなかったですか?」

俺は手のひらを上に向け、モエコさんの膝の上に置いた。

汗をかいているのだろう。厚いデニム生地を貫いて体温と湿度が伝わってくる。きっとそれはすぐ下にあるモエコさんの肌と同じなんだろうと思った。モエコさんはその手をじっと見つめる。しばらくしてモエコさんは、俺の右手に、そっと自分の左手を重ねた。

「大丈夫、だよ。人、すごかったね。満員電車ってあんな感じなのかな」

俺はモエコさんと指を絡ませ、その手を握りしめる。モエコさんはゆっくりと同じ加減で握り返してくれた。そうしていると、それがごく自然な成り行きであるように思えた。興奮や情動はなく、心はやけに静かだった。

「今日は……人生最良の日ですよ。ずっと大好きだったバンドのライブが見れました。それもずっと大好きだった人とふたりで」

　俺がそう言ってしまうと、モエコさんの手が僅かに緩んだ。

「え、え？　……どうしたユウキ君。酔ってるの？」

「俺、剣道の道場でモエコさんを初めて見た時のこと、今でも覚えてます。とてもかわいい人がいるな、って思いました。それから小学校、中学校と、モエコさんをずっと目で追ってました。この前偶然モエコさんと再会したとき、その頃抱いていた感情を、やっと言葉にしました。俺は、モエコさんが好きだったんだ、って。そうするともう後戻りできなかったです。日増しにモエコさんのことを考える時間が増えて……、今はもう、あの頃よりもずっとモエコさんが好きです」

　モエコさんは右手に持ったモヒートに口をつけ、離し、言葉を探そうと口を動かし、諦めてこちらを向いて、曖昧に笑った。

「すみません、急に。困らせちゃいましたね」

　俺がそうしてやっと隙を与えると、モエコさんは少し非難めいた目線を俺に向け、口を尖らせた。

「ユウキ君、本気で言ってるの？　私デブだし……全然かわいくないよ」

「ええっ！　それこそ本気で言ってるんですか？　モエコさん、全く太ってないですよ、世界中の女性から石を投げられて、火あぶりにされますよ」

　まさかモエコさんからそんな言葉が出るとは予想していなかった。あるいははぐらかしているのだろうか。——でも今はどんなことを言われてもいい気がした。自分勝手だとは思うが、俺はもう満足していた。自分の気持ちを伝えた充実感に、満たされていた。

「ありがとう。いや、嬉しいよ。でも突然すぎて、なんて言ったらいいのか……」

モエコさんは手に持ったカップをベンチに置き、困ったようにうなだれてしまった。

「ああ、大丈夫ですよ。今日はもう、帰りましょう。俺もいろいろあって疲れました」

俺はモエコさんの手を取ったまま、立ち上がる。

「あの、最後に一個だけ贅沢なお願いしてもいいですか?」俺はモエコさんに向き直る。

「どうしたの?」モエコさんは座ったまま優しく微笑みかけてくれる。

モエコさんを手繰るようにベンチから引き起こし、そのまま腕を回し抱き寄せた。

「わ」モエコさんが小さく驚く。

「少しだけ、こうしてもいいですか?」

頭一つ低いモエコさんの耳に、傾いだ顔をくっつけてそう聞いた。モエコさんは
「フッ」と鼻で笑った。

「答える前にされちゃったら、断れないよ」

モエコさんはそう言いながらも、腕を俺の背中に回してポンポンと叩く。

「そうですよね。ごめんなさい」

モエコさんはフワフワしていた。モエコさんの体には硬い部位なんて一つも存在していないんじゃないかと俺は思った。モエコさんはよくできた人形みたいだ。俺は今白昼夢を見ているのだろうか。好きな人と少しでも距離が縮まればいい、ただそれだけでよかったはずだ。それがなぜか今、その人を抱きしめている。衝動的なつもりはなかった。スオウユウキという他人の行動をむしろ冷静に観察しているような気分だった。俺はこの後どうするつもりなんだ？　直接好きと伝えてしまった。次はどんな顔してモエコさんと会えばいいのか。何事もなかったような顔してランチにでも誘うか？　ここはモエコさんの連絡を待つべきか。モエコさんの髪の香りが伝わってクラクラする。俺はモエコさんの肩に顎をのせ、目を閉じた。嫌なこともあったけど、今は最高に幸せだ。シュンジに会えてよかったな。

シュンジ。――シュンジは今どんな気持ちでいるのだろうか。今頃ヒデキに対する呪詛を唱えているのだろうか。シュンジは恨んでいるだろう。ヒデキを。この世界を。――あるいは、俺を？　シュンジは俺を恨んでいるのだろうか。僕はユウキ君がうらやましいよ。うらやましいよ。うらやましいよ。うらやましいよ。シュンジの言葉がリフレインする。――何かが口に触れた。

口。モエコさんの口が俺の口に当たっている。モエコさんが俺と唇を重ねている。その瞬間、ずっと抑圧されていたように興奮と快楽が頭の中ではじけた。その柔らかさは体の比ではなくて、絡み合う舌は熱で溶けるバターみたいで……ああ、もう頭がしびれて何も考えられない。未来も過去もない。モエコさんの口の中の温度だけがすべてで、他に何も存在しない。何も。何も……。

「ねえーやだあー」「ハハハハ」

森の奥から男女の笑い声がして、俺とモエコさんはとっさに体を離す。一気に現実が戻ってきて全身の皮膚から頭の中まで瞬間的に冷える。俺とモエコさんが身構えていると、森から出てきたのはダンと知らない女だった。ダンは立ち止まって俺たちふたりを見つめる。

「えー、誰ー？　友達ー？」

その女はダンと腕を組み、だらしなくへらへらと笑いながら聞く。

「アー……ヒーイズマイボス。ユーキ、アイムソーリー。シーイズマイガールフレンド」

俺は頭を支えられなくなって泣きそうな気持ちで地面を見る。「ぷっ、アハハハハ」モエコさんは笑いだした。

　三人で歩いて帰る。モエコさんはまだ笑っている。

「ねえダン君、君チャラすぎ。さっき会ったばかりなのにガールフレンドって」

「モエコさん、しょせんマイナーな音楽フェスに来る人なんてろくでなしばっかりですよ。悪いのはこいつだけではありません。フェスにいるのは悪い人間ばかりですよ」

　モエコさんはダンと女がなぜ森から出てきたのか、わかっているのだろうか。そんなことは俺だって想像したくなかったが。

「ワタシニホンジンオンナ、スキ。ミンナヤサシイ」ダンは悪びれずにそういう。

「日本人女もイケメンの外人好きだよ。日本に来てよかったね」俺は吐き捨てるように言った。


　寮でダンと別れ、俺とモエコさんは離れまで戻る。ダンの出現ですっかり雰囲気が浮ついてしまった。さっきのことは夢だったみたいに、時間の経過とともに現実味が失われていく。それでも俺は満足していた。もう急がなくてもいい。俺はむしろダンが現れてよかったとさえ思った。

「モエコさん、ありがとうございました。いろいろあったけど、また今度ゆっくり話しましょう」

俺はできるだけ爽やかに笑いかける。だがモエコさんは笑わなかった。無言で下をむいている。

「え、モエコさん？　もしかして怒ってます？」

「怒ってないよ」言葉とは裏腹にモエコさんは笑わない。口をとがらせて眉間にしわを寄せている。ここで初めて俺はなにか取り返しのつかないことをしてしまったのだと思った。嫌な汗がじっとりと額に浮かんでくる。

「妹さん、そろそろ来ますか？」

「呼ばないと来ないよ。帰りの話はしてないから。ねえユウキ君、ここ、ユウキ君の趣味の部屋なんだよね。中、見てもいい？」

言われるがまま目の前のドアを開け、モエコさんを招き入れる。モエコさんは入ってドアを閉めるなり、口を開いた。

「ねえ、ユウキ君」

「はい」俺は振り返らずに背中で答える。

「キスだけでいいの？」

モエコさんは俺のジャケットを引っ張りながらそうボソッとつぶやいた。

8

黄色い月が十分に太ったので、俺はシュンジの家へと向かった。時刻は深夜一時を回っていた。

案の定部屋には明かりがともり、中からゲームの音が伝わってくる。ドアノブをゆっくりと回し、部屋へ入る。

「おいシュンジ」

「うわあああああああ！」

俺が背後からそう話しかけると、シュンジは驚きのあまり絶叫し、飛び跳ね、ソファーから転がり落ちた。

「ユ、ユウキ君？」

床から顔を上げるシュンジの両手にはしっかりとコントローラーが握られていた。

「すまん。驚かせようとはしたんだけど、ここまでとは思わなくて」

ゲーム中のシュンジは魂がオンライン状態なので、突然体に刺激を与えると下手したらショック死しかねないのだろう。俺は映画マトリックスでケーブルを抜かれて哀れに死んだ登場人物を思い出した。

「え、チャチャは？　吠えなかった？」シュンジは腰が抜けたのか、そのままの姿勢で俺に聞く。

「ん？　ああ、犬なら犬用おやつで買収したよ。あいつ泣いて喜んでたぜ」

シュンジの了承も得ないまま、靴を脱いで部屋に上がり込む。シュンジもようやく体を起こしてソファーに座りなおした。

「……いつも残飯しか食べさせてないからね。——ユウキ君、こんな時間に何しに来たの？」

俺は手に提げていたコンビニ袋を机に置いた。

「何これ……。お菓子と、……ビール？」

「シュンジのアルコール童貞を奪いに来た」

「本当に本当に一杯だけだからね？」

「ああ、いいよいいよ。はい。かんぱーい」

途中かなりイライラしたが、辛抱しておよそ十分間説得した結果、ようやく乾杯までこぎつけた。シュンジは熱いお茶をすするように、ゆっくりと缶ビールを口にする。

「どう、ビール」

「……まずい。苦い」シュンジはしかめた面で舌を出す。

「いや、お前舐めるだけじゃダメなんだよ！　ビールは味じゃないの！　のどの刺激を楽しむものなの！」

「じゃあコーラでよくない？」

俺だって本当はビールのどこが美味しいのかわからなかったし、甘いカクテルのほうが好きだった。なんとなく初めての酒はビールだと思ったのだが、説明するのも煩わしかった。

「いいからグビッといきなさいよ！　ほら！　ほらっ！」

俺はシュンジが傾ける缶の底を持ち、ビールを無理やり流し込む。シュンジは苦しそうに目を閉じ、口を開いて大きなげっぷを出した。

多少慣れたのか、何度も味を確かめるようにビールを飲むシュンジを、俺は直接腰を下ろした床から見上げる。

「別に抵抗があって飲まなかったんじゃなくて、機会がなかっただけなんだよね。こんなもんか、って感じ」

「いや、お前お酒を飲む才能あるよ。顔も赤くなってないし。世の中には舐めるだけで倒れちゃうやつも多いからね」

「さっき無理やり飲ませて僕が倒れてたら、どうしてたの」

「そりゃあ……部屋中の指紋をふき取って出ていくよ。あ、残念だけどチャチャは殺して埋めることになるかな。証拠が残るからね。シュンジのことも埋めちゃったほうがいいのかな？　そこんとこ、シュンジはどう思う？」

シュンジは眉根を下げて、手に持ったビールの缶を見つめる。

「ところでさー、シュンジ。この前はほんと、ありがとなー。フェスに招待してくれてー」

俺は飲み屋で部下をほめる上司のように、労いの言葉をかけた。

「ユウキ君、モエコ先輩といたかっただけでしょ」

ぐうの音もでなかった。昔は気がつかなかったが、こいつは案外鋭いところがあるな。

「いやあ、それだけじゃないよ。シュンジ君とも久しぶりに遊びたかったしなあ。ま、モエコさんと仲良くなったことは事実だけど」

白けた顔をしたシュンジは手に持った缶を机に置く。すると空虚な音が響いた。

「えっ！　お前もう飲んだの？　早くない？」俺は空の缶を手に取って聞く。

「だってこんなの苦い麦茶じゃん。もう飲まないよ。不味いから」

俺は空恐ろしさを感じながら、袋の中の強アルコール系チューハイを取り出した。

「ちょっとこれ飲んでみて」

缶の封を開け、シュンジに手渡す。

「ん？　何これリンゴ味？　甘いのだったらちょっとだけ飲んでもいいかな」


三十分後、酔いの回った俺たちはオンラインゲームをプレイしていた。

「ウフフ……。この、時間って、海外のやつらと、パーティー組めるから、楽しいんだよね。やっぱり世界はルゥベルが、違ふんだよね……」

シュンジはろれつが回っていない。でも随分楽しそうだ。

「ねえ、俺もやっていい？」

「えっ。んー、まあいいか。死なないでね。このゲーム死ぬと大変だから。ウフフ」

シュンジからコントローラーを受け取る。おそらく赤いアイコンで示された兵士が敵だろう。めちゃくちゃに乱射していたらそいつが吹っ飛んだ。

「あー、うまいうまい。その調子」

シュンジが今まで費やした時間の賜物か、武器の性能故に俺の拙い操作でも敵は次々と吹っ飛んでいった。シュンジは俺のプレイを見守りつつ、お酒を平気な顔して飲み続けている。

「シュンジは親父とうまくいってるの？」

俺はつまみのスルメイカを咥えながらなんとなしに聞いた。

「えっ、なんで？　ユウキ君、うまくいってないの？」

「毎日罵り合ってる。何度ぶん殴ってやろうかって思ったことか」

「そうなんだ。うちだけかと思ってた」

「なんだよ。お前もかよ」

俺はそれ以上噛むのも億劫になって、無理やりに飲み込んだ。喉を刺すイカをチューハイで流し込む。

「うちは喧嘩じゃないけどね。僕が一方的に怒られてる。昔からずっと。うちはさ、父さん婿養子だから」

シュンジも俺に倣ってイカを食べながらチューハイを飲む。もう何年も酒浸りのおっさんにしか見えないほど、様になっていた。

「あー、いわゆるマスオさん状態？」

「うん。だからなのかな。お父さん僕しか威張る相手いないんだよね。じいちゃんはもう仕事してないし、だいぶボケてるけど、じいちゃんいる前じゃ何も言わないもん。父さんと搾乳してると、やり方が違う、とか、下手くそ、とか、うるさいことばっかり。母さんは何にも言わないけどね」

俺はシュンジに武器の変え方を教えてもらい、連射タイプの銃に持ち替え、突如現れた大量のエイリアンに向かってめちゃくちゃに撃ち続ける。このゲームの惑星では人間同士が争っているが、不意にどこからかエイリアンが現れ、人間を見境なく襲う。そいつらが現れたときにどう行動するかが、このゲームの戦略性に大いに影響するらしい。人間の敵と協力するか、出し抜くか。

「……結局人間も動物と同じなんだろうな」

「へ、どういうこと？　ウフフ」

シュンジはだいぶ酔っている様子だ。目が若干すわっている。それでも日焼けをしていない白い肌がほとんど紅潮していないので、アルコールの耐性は強いのだろう。

「例えばライオンの群れだってさ、子どものうちはオスでもかわいがってもらえるけど、大人になると父親と争うわけよ。同じ群れにオスは二頭いらないわけ。親子の戦いに負けたほうはその群れを追放されるのさ。

残酷な話だけど、これにはちゃんとした合理性があって。仮にオス同士が仲良く暮らしちゃうと、そのグループはそれ以上発展しないんだよね。環境の変化に適応できなくなっちゃうんだよ。動物は進化のために常に変化し続けることを宿命づけられているわけ。

結局親父たちが息子につらく当たるのも、俺たちが親父と相容れないのも、それは動物的な呪いなのかもなって。生まれたての仔牛が立ち上がってすぐに母牛の乳首を探すようなもので、本能みたいなものなのかなって」

俺なりの慰めのつもりだったのだが、シュンジは腑に落ちていない様子だった。しかめた顔で画面を見つめている。

「ん？　難しかった？　まあとにかく親父と仲良くなることは難しいんだから、自分の人生を大切にしようぜ、ってこと！」

画面上はさらに現れた大量のエイリアンと敵味方が入り乱れてカオスと化している。このパーティーのリーダーであるシュンジに対して、画面下部、チャット部分に味方から様々な応援要請が出されている。といっても英語と専門用語で俺にはほとんど理解不能だ。ゲームに飽きてきた俺は武器一覧から格別に強力そうな爆弾を選択した。

「ん、あっ、だめ！　それは」シュンジが何か言いかける。

一瞬使用を確かめるような注意が出た気がするが、俺は連打でやり過ごす。その瞬間、今まで見ていた画角が急激に広くなり、惑星が丸ごと確認できるほどになった。それと同時に、星の一部がちらっと光り、画面がまばゆい閃光に包まれた。場面が元のスケールに戻ると、そこには超巨大なクレーターの真ん中にポツンと立ち尽くす、シュンジのアバターがあった。

「エッ……ナニコレ？」

さっきまでのけたたましい銃声音やエイリアンの断末魔、人間達の咆哮は霧散して、音のない茫漠とした荒野がどこまでも広がっている。俺は怖くなってコントローラーを机に置いた。

「それこのゲーム上に三つしか存在しない禁断のアイテムなんだって！　とるのに何百時間かかったと思ってるの？　うわー！　みんな死んだああ！　敵もエイリアンも僕のパーティーもみんな死に絶えた！」

「なんでそんなアイテムがあるんだよ……おかしいだろ」

「開発者のジョークみたいなもんなんだよ、本当に使うやつはいないって信頼で存在してるのに……ああ、ほら、パーティーのやつらからめちゃくちゃ暴言叶かれてる」

画面下部のチャット欄は阿鼻叫喚の様相を呈していた。Fワードが画面を埋め尽くす。俺はテーブルの上のキーボードを手に取り、『Wake Up』とだけ入力した。もちろん火に油を注いだ形になり、さらに猛烈なスラングが飛び交う。シュンジはゲームからログアウトし、パソコンの電源を切った。

シュンジが俯いている。さすがにやりすぎちゃったかな。いや、どれくらいのことをやったのかすらわからなくて声をかけられずにいると、シュンジが笑いだした。

「ウフフ……、ウフフ……。いやあ、でもすごかったな。あの爆弾のエフェクト。まさか僕が使うことになるなんてね」

「シュンジ、すまんかった」

「いや、もういいよ。これは本当の話、もうこのゲーム引退しようと思ってたんだよね。いいタイミングだったよ。最近牧場の仕事忙しくて、長くプレイしなきゃ勝てないゲームはきつくなってたんだよね。これからはもう少しライトなオンラインゲームやることにするよ」

シュンジは酔いもあるだろうが、本当に怒っていないようだった。俺は安堵し、今日ここに来た本当の目的を遂行することにする。

「シュンジ、ちょっと今から出かけない？」

「……え？　今から？　もう二時だよ？」

「二時だからいいんだよ。さ、行こうか」

シュンジを強引に外へと連れ出す。サドルに跨り待っていると、家の裏からシュンジがぎこちなく自転車に乗ってやってきた。

「さ、じゃあ行こうか」

「行くってどこへ……コンビニ？」俺はシュンジを無視し、先陣を切って走り出す。

チャチャは飼い主のシュンジではなく、俺に尻尾を振って見送ってくれた。

月を遮るものはなく、牧草は夜露でキラキラと輝いていた。自転車は真夜中のカントリーロードを行く。

「ねえー、ユウキくーん、僕トイレ行きたいんだけどー」

「えー？　ダメダメー。急がないとー！」

俺が先導する形で一列になって自転車を漕ぐ。道路を走る車はなく、長い下りの道程は肌寒い風が心地よかった。森には虫が溢れている。多種多様な鳴き声が、近づいては離れていった。秋の夜に虫が鳴く。そんなありふれたことを、俺はずいぶん長いこと忘れていたんだなあと、思いがけずセンチメンタルな気分になっていた。

「自転車だって飲酒運転なんだよー！」

シュンジの声が現実を引き寄せる。俺はうんざりして答える。

「お前なー酒飲んだことなかったくせになんでそんなこと知ってんだよー」

流石の俺も車を運転しないくらいの良識はある。仮にこんな夜中の田舎道で自転車事故があったとしても相手は鹿か猪くらいなものだろう。

二十分ほど自転車を走らせると酪農地帯を抜け、隣の集落についた。わずかな街灯よりも、月明かりが俺たちの道を明るく照らしている。俺たちは音も立てず、ゆっくりと地面に着地した。

「おい、シュンジここからは歩いていくぞ。声出すなよ」

俺は口に人差し指を当てながら言う。

「なに、なにこれ。まさか泥棒？　犯罪なら僕帰るよ」

　酔いがさめたのか、さっきまで比較的従順だったシュンジが抵抗をみせた。

「まあとりあえず来いって！」俺がお構いなしに先へ進むと、シュンジも仕方なしにそれに続いた。

　息を潜めながら幹線道路を横切り、狭い坂道を自転車を押して歩く。しばらくすると道の最深部、とある一軒家に着いた。庭には普通自動車といかついＳＵＶが停まっている。俺がその車の前に自転車を停めると、シュンジもそれにならった。

「なに？　なに？　ここ誰の家？」

「ヒデキの家」

　シュンジは一瞬固まり、やがて無言で立ち去ろうとした。

「ちょっとまってちょっとまって！　シュンジ行くなって！　黙ってて悪かったけど言ったら来なかっただろ？」

「僕帰るよ。ユウキ君が何するつもりか知らないけど」

　俺はシュンジの肩をつかむ。顔をよせ、シュンジに語りかける。

「シュンジ、なあ、シュンジ。シュンジがヒデキにどれだけ嫌な思いをしたか、俺は全然知らなかった。俺たち中学まで一緒だったのに、高校へ行ったら疎遠になったよな。シュンジが高校やめたって話は誰かから聞いていたのに、俺お前の心配なんか、ちっともしなかった。お前本当につらかったんだな。悪かったな。その頃声かけてやれなくて」

俺は泣きそうだった。シュンジはもっと泣きそうになってた。

「泣くなよ！　悲しんじゃダメなんだって！　共感してほしいわけじゃないんだけどさ、俺だってヒデキにいじめられたよ。中学の時は野球部で、シュンジほどじゃないけど毎日いじめられたよ。でももう忘れてたんだ。この前会うまでは、俺は忘れられたんだ。

お前は今までずっとヒデキのこと考えてたんだろ？　それって不治の病だよな。風邪をひき続けているみたいなものだよな。心が晴れないんだろ？　どこかで終わりにしなきゃダメなんだよ。つらい記憶がシュンジを支配してちゃダメなんだよ。お前の人生なんだから他人に支配されてちゃダメなんだよ！」

シュンジの目尻に涙が溜まる。俺はそれを両方の親指で押しつけて顔に塗りつける。

「泣くな」

「じゃあ、どうすればいいのさ。ユウキ君の言うとおりだよ。僕は家にいても、ふとしたときにヒデキを思い出すよ。僕は僕よりもヒデキのことを考えている時間のほうが長いんだよ！　僕の人生はずっとヒデキの支配下にあるよ！　じゃあどうすればいいのさ！」

俺は自転車のかごから、一本だけ残ったウーロンハイの缶を取り出し、開けた。

「自分に笑うのさ」

ウーロンハイを一息で飲めるだけ飲み、それをシュンジに押しつけるとニヤッと笑い、ズボンのチャックを下ろした。シュンジが戸惑う中、俺はヒデキの車に向かって放尿した。俺のションベンは湯気をあげながらタイヤのホイールを濡らす。カニ歩きで運転席まで移動し、イチモツを持ち上げ、丁寧にドアのハンドルを目がけ、たっぷりとかける。そのままぐるっと車の後ろへまわる。俺は馬鹿馬鹿しくて笑いをこらえるのに必死だ。最初は驚いていたシュンジもニヤニヤしている。手にちょっとかかり、ドアガラスに擦りつける。一周回るつもりが、トランクの所で出し尽くしてしまった。俺は大きな口を開けて声を出さずに笑う。

シュンジの持つウーロンハイに向け、アゴをしゃくって合図する。シュンジはそれを一口で飲み干してしまった。チャックを下ろそうとするシュンジを制し、ボンネットをポンポンと叩く。シュンジが「えっ」と声を出したので、俺は両掌を天に向け、上下させる。シュンジはヒデキの白いＳＵＶへ慎重によじ登り、股間を出してフロントガラスに向かって放尿した。シュンジは腰を回し、ぐるぐると円を描く。俺は腹が引きつるほどおかしくなって、走ってその場を離れ、膝をついて腹を抱えた。シュンジはボンネットの上でくるくると回転しながらションベンをまき散らしていた。

月は空の一番高い所にいて、青く染まるシュンジとその放物線を、俺は美しいと思った。

9

搾乳場は、ノイズと臭いで充満している。それが最初の印象だった。牛を拘束する金属がぶつかり合う耳に障る高音。うなりを上げるコンプレッサーの重低音。宿命的な獣臭。殺菌の為乳頭に塗布する、どす黒く濃いヨード液は独特な刺激臭を放つ。それらのすべてが、軽度な吐き気を催す。でも今ではすっかり慣れてしまった。耐性ができたのか、それとも感覚器が壊れてしまったのか。日常となったその場所で、たった今、異常なことが起きている。そのことにはマヒしていないこと確かめながら、俺はエンドウのもとへと向かう。

「牛殴るのやめてください」

「え？」

乳を搾っているはずの俺が突然目の前に立ちはだかったので、エンドウはひどく面くらっていた。分厚いレンズの中の小さな瞳がさらに小さく、丸くなっている。搾乳場の入り口、牛が進入するゲート前に立つエンドウの右手には棍棒が握りしめられている。

「牛を棒で殴るの、もうやめにしませんか。牛がかわいそうじゃないですか」

　察しの悪いエンドウに、子どもを諭すように優しく問いかける。俺とは身長差が十センチ以上あるので、近づくほどエンドウを見下ろす形になる。エンドウは俺を見上げ、可哀そうなくらいに狼狽している。

「なっ」エンドウに生気が戻り、みるみると顔が赤くなっていく。

「何言ってんだよ、いきなり！　君いつかもそれ言ってたな！　これが無いと牛動かないんだよ！　それにそんなに強くぶってないだろ！」

　俺の奇襲に驚いたことがよほど悔しかったのか、エンドウの語気が急激に強まる。肥大化した自意識に苦しむエンドウを、俺は教師のような鷹揚さで包み込む。

「エンドウさんにとってはそこまで強く殴っていないかもしれません。でもその強さって数値化できるんでしょうか。牛から、そんなに痛くないよ、って話してもらえるんでしょうか。それはエンドウさんの主観でしかないですよね？

　それにね、リーダーのあなたがそれをやってしまうと、加減を知らない従業員や研修生たちがそれをまねるんですよ。従業員たちが周りに音が響くほど強く牛を叩いていること、知っていますよね？」

「あっ、あっ、あなたってなんだ。俺に言ってるのか？　お前な、そういうのはちゃんと提案書を持ってこいよ。カイゼンはＰＣＤＡなんだよ。ＰＣＤＡが、なってないじゃないか！」

エンドウが追い詰められるほどにますます俺の慈悲は深くなっていく。それはもはや菩薩の境地にまで達していた。

「エンドウさん、正確にはＰＤＣＡですよ。計画をたて、実行の後に検証、最後に改善ですよね。もちろん提案書も作ってきているので、後で目を通してください」

俺は踵を返して搾乳に戻る。エンドウはその後牛を殴ったのだろうか。あえて見ることはしなかった。


朝の搾乳が終わり、その場で全員ミーティングが始まる。ミーティングとは名ばかりの、主任であるエンドウから一方的な連絡事項があるだけだ。この場で誰かが何かを話したところを見たことはない。

「――今日の予定は以上です。ではみなさん……」エンドウの一方的な発言だけでミーティングは終わろうとしている。

「すみません、ちょっといいですか？　俺から提案があります」

俺は手を挙げる。搾乳に参加していない日本人従業員、海外研修生、牧場のスタッフ全員が一年目の俺に注目する。不快感を隠そうともしないエンドウが何か言いかけるが、俺は先を与えず話を始める。

「今日から牛を棒で殴ることを廃止したいと思います。牛が止まったときは、拍手で音を立てるか、直接手で押すか、にしてください。

――あ、今それじゃ牛動かないよ、って顔した人いますね。大丈夫です。これは近所のアサギ牧場で普通に行われていることです。俺たちにもきっとできます」

牛のいない搾乳場は、コンプレッサーがつくる空気の圧縮音がパルス状に繰り返し鳴り響いている。俺の話は誰にも伝わっていない。みな呆けた顔をしている。俺は構わず話を続ける。

「計画はこうです。ひと月棒なしで搾乳をします。毎日搾乳終了時間を調べ、その平均時間を検証し、今とほとんど変わらなければ、正式に廃止。話はシンプルです。まずはやってみてから考えたいんです。反対する人いますか？」

誰も反対しない。ただし同意もしていない。虚ろな目を俺に向ける。未開の地に住む現地人に、文明の価値を説いているような気分になってきた。

この状況を予期していたのか、エンドウが勝ち誇ったように薄笑いを浮かべる。全員から注目されていることに、羞恥心が首をもたげ始める。

「皆牛に棒を使うなんて当たり前だと思っていますよね。これは効率の話だけじゃないんです。俺は四月に入社して、すぐに違和感を持ちました。俺たちの最も大切にするべき牛を棒で殴る、それって異常だって思いました。長く勤めるほどその感覚は薄らいでしまうと思います。牧場みたいな閉じられた空間では外部の目がない分、異常なことが普通になりやすいんだと思います」

　自分の意に反して早口になってしまう。なぜ誰にも通じないのだろうか。俺は雲をつかむような話をしているのだろうか。だが今さらやめることもできなかった。

「牛は優しくて臆病な動物です。棒で殴っても決して反抗しません。じっと我慢するんです。それを俺たちは『許容された』と勘違いしているだけに過ぎないと思います。一度固定された関係性は、そのうち歯止めが利かなくなって、どんどんエスカレートしていくかもしれません。ハピネスファームの牛は、人を怖がっています。牛と人はもっと穏やかに暮らしていけるはずです。それを、アサギ牧場で知りました。俺、アサギ牧場のリーダーと友達になったので、もしよかったらみんなで見学に行きましょう。きっと驚くと思います」

「アサギボクジョウ、ウシヤサシイ。ニゲナイ」

　ずっと黙っていたダンが、援護してくれた。緊張が解け、涙が出そうになる。そこで潮目が変わった。俺と違って皆から好かれているダンが発言したことで、何人かの日本人の目に意志が宿るのを感じた。

「僕は、やってもいいと思います。アサギ牧場にも行ってみたいです」

　発言したのは俺が心の中で眼鏡君と呼んでいる新人の男性従業員だ。同期なので入社当初は何度か昼食を共にした。俺がエンドウに嫌われてからは、あからさまに距離を置かれるようになった。それ以来、なんの特徴もなく面白みのない彼を、皮肉を込めて心の中で眼鏡君と呼んでいた。

「ありがとう。うれしいよ、眼鏡君」

嬉しさのあまり心のあだ名で感謝を伝えてしまう。眼鏡君は返事の代わりに眼鏡をクイッと上げた。

「まあ、いいんじゃないですか。一度やってみるだけなら。折角ユウキ君がこうして提案してくれたんだし」

比較的古株の女性従業員も賛同してくれた。彼女は仔牛の世話以外に興味があるのかわからない、仕事に徹する寡黙な職人的女性で、彼女がしゃべってる姿自体、本当に稀なことだった。

「ありがとうございます！　えっと、だれも反対しないみたいなんで、皆さん、よろしくお願いします！　棒は念のため俺が預かっておきます」

エンドウは苦虫入りの煮え湯を飲み下したような表情をしている。それは俺がこの牧場で初めてつかんだ小さな勝利だった。

『おめでとう！　流石ユウキ君だね』

昼休憩中、モエコさんからのメッセージが届いた。俺は朝の搾乳が終わったら真っ先にトイレで成功の報告をした。

『とんでもないです。すべてモエコさんのおかげです。アサギ牧場での話ができたから、みんなに分かってもらえたんだと思います』

モエコさんからはすぐに返事が返ってきた。

『ユウキ君の熱意が伝わったんだよ。今度従業員の子たちと遊びに来てね。エンドウさんとも仲良くしなきゃダメだよ』

『よろしくお願いします。俺はモエコさんと早く会いたいですよ』

エンドウのことはさりげなく無視し、モエコさんに甘えてみる。モエコさんとはあのフェス以来、まだ会っていない。あれから二週間があっという間に過ぎてしまった。モエコさんが恋しかった。今ならまだモエコさんの髪の質感も、その匂いも、求めればすぐそばに感じることができた。

モエコさんは北海道の友人の結婚式にかこつけて、牧場視察ツアーを敢行しているらしい。大学時代を過ごしたモエコさんにとって、北海道は第二の故郷なのだと教えてくれた。

『ねえ、私だってユウキ君に会いたいよ。毎日ユウキ君のこと考えてるよ。お土産、楽しみにしていてね』

モエコさんの方こそ甘えてきた。わはっ！　なんていじらしいんだ。俺はこの村一番の果報者だ！　私もユウキ君に会いたい？　ああ、これは今すぐ会いに来てという意味だろう。彼女はずっと俺に会いたかったのだ。なんでそれに気づいてあげられなかった？　俺は試されてる。牛のことなんて本当はどうだっていい。勝手にしやがれ！　モエコこそ全てだ！

『今から会いに行ってもいいですか？』。俺の質問に、モエコさんは『うん。北海道のどこかにいるから見つけに来てね』と返事をくれた。

北海道への飛行機代を調べるのにも飽きた俺は、ＳＮＳでモエコさんの近況を偵察する。昨日行われた結婚式の写真が既にアップされていた。思わず吐息が漏れる。ドレス姿のモエコさんを形容する言葉は、まだこの世界に発明されていない。それは彼女が唯一無二だからだ。大学の同窓生たちのなかでもひと際輝きを放っている。周りを取り囲むアホ面の男たちが、我勝ちにモエコさんのそばで写真を撮ろうとしている。哀れ、夢破れ餓えたオオカミたちよ。お前たちには冷めたザンギがお似合いだ。北の地で孤独に眠れ。

モエコさんの写真をすべて見てしまった後は、ヒデキのページに移る。ちなみにこの偵察用スパイアカウントは勿論実名ではない。こちらから閲覧していることが、相手にも伝わってしまうからだ。俺のアカウントはスリランカ島でお茶農業を営む朴訥な中年男性となっている。名前は適当にネットで拾ったので俺にも読めない。その辺の抜かりはない。モエコさんと結ばれた俺に、死角はないんだよ。

ヒデキが愛車のSUVを散々自慢してくれたお陰で、一週間前の犯行も滞りなく行えた。ヒデキの家は母親から聞いて知っていたが、ヒデキの所有する車という確証が必要だった。親を誤射してはいけない。悪魔の子を産んだとはいえ、直接の罪はないからだ。ヒデキを産んだこと自体が両親の罰とも言えるだろう。だがヒデキのSNSを見た俺は、目を疑うことになる。

『○月△日：車に三日連続でションベンかかってる。くせえ。多分近所の猫。見つけたらマジでやっちゃうよ。誰か猟銃貸してくれ』

『○月□日：今日もションベンかかってる。毒エサしかけといた。死んだらアップするわ』

『○月◇日：殺す殺す殺す殺す殺す。腹立つキレたマジでキレた。人間のしょんべんだわ。カメラ仕掛けたら人影映ってた。くせえ。なんだよこの臭い。マジでキレた。ムカついて車蹴ったらドアへこんだ。マジで殺す。殺す殺す殺す。けど犯人わかった。今からそいつ追い込みかける。わりいけど容赦しねー。この前店バックレたバイト。あいつしか俺んち知らねーし。仕事出来ねーから家まで呼び出して説教してやったのによー。マジで気分悪りー。どうやってつめようかな～。あ～。たのしみになってきたな～。覚悟しとけよ～』

『○月○日：警察来てる』


　俺は頭を抱えた。まさか……。


『うん、そう。僕のおしっこ』

　そのまさかだった。連続放尿魔ことシュンジからは、すぐに犯行を自供するメッセージが返ってきた。

『ヒデキ、すごく臭いって言ってたんだ。それはアスパラのおかげだね。アスパラって食べるとおしっこが臭くなるらしいよ。もう一生分アスパラ食べたなあ。ニンニクも利いてるのかも。ソースにプロしか使わないようなスパイスも何種類かブレンドしたしなあ。そっかあ、そんなに臭いんだあ』

　聞いてもいないのにションベンのレシピまで教えてくれた。

『てかなんかヒデキ警察に捕まったっぽいんだけど……』

『えっ、そうなの？　なんかしたの？　それよりもさ、臭いおしっこ作るのにお腹壊しちゃって、今トイレで死にそうになってるんだよね。ヒデキどころじゃないっていうか。自分のことで精いっぱいっていうか。朝からうんちがずっと止まらなくて、でもそれがバカバカしくて、なんか笑えてきちゃってさ。ユウキ君が言ってたことって、こういうことなんだなって、分かったんだよね。ユウキ君は、こういうことが言いたかったんだよね？』

文字通りクソみたいな話だった。『その解釈で大丈夫です』。シュンジにはそれだけ返信して後は無視することに決め、俺はお産が迫っているユキの待つ牧場へ向かった。

ユキは朝から分娩房とよばれる隔離された場所にいる。全面にたっぷりと藁が敷かれ、寝心地は良いはずだ。だが横たわるユキの耳には力がなく、安息とは言い難かった。今日の朝破水し、もういつ出産してもおかしくない状態だと獣医は言った。

「ユキー、調子はどうよー」

俺はシリアスな雰囲気にならないよう、フランクに話しかける。俺の働く牧場ではお産は日常茶飯事で、日に数頭生まれることも珍しくない。だが牧場で初めてできた牛の友達の、初めて立ち会うお産は特別だった。とにかく無事に生まれてほしかった。いつものように耳の裏をかいてやるが、ユキは口をぶるぶると震わせ息を吐き、それを拒むようにかぶりを振った。

しばらく体の横に腰を下ろし寄り添っていると、ユキは低く唸るような声を上げ、強くいきんだ。その呼吸と合わせるように仔牛の蹄が小さく二つ、ぬるっと飛び出す。始まった！　ここまで来たら時間の問題だ。朝、獣医から聞いたお産の心得を反駁する。とにかく焦らないこと。あくまで理想は自然な分娩であり、母牛に無理をさせないこと。お産に苦しむ牛を見ていると、とかく人の場合に重ね合わせ、分娩を助けたい気持ちになる。だが不必要な介助はかえって母牛の産道を傷つけることになりかねず、見守ることが重要だと教わった。頑張れ、ユキ、頑張れ。俺はそう小さく励ましながら、分娩房の外からお産を見守った。

だがユキの分娩は遅々として進まなかった。息は荒く、いきんではいる。仔牛の肢はその度に出ては引っ込む。しかしどうしても肢一本分以上の距離からは進んでくれなかった。すでに日は暮れ、作業員のいない静かな牧場に、ユキの声が遠く響く。俺はたとえ朝になろうとも、最後まで見届ける覚悟だった。

分娩が始まって、どのくらい経っただろうか。背後からハイビームに照らされて、長く伸びる自分の影に夜を知った。振り返れば軽トラック。光は刺すような圧力で眼前に迫っていた。

「オイオイオイ。ユウキ君一体そこで何してんだよ」

出てきたのはエンドウだった。開口一番あからさまな敵意を向けてくる。敵。そう、俺にはエンドウが敵として映った。俺の心は長く見守り続けたユキに、深く感情移入していた。産道を圧迫する強い痛み、骨が軋むような苦しみ、終わりの見えない焦り。ホモサピエンスは我々に害をなす仇敵だった。

「ホーレンソーはどうなってるんだよ」エンドウは吐き捨てるようにそう言う。朝、棒で牛を殴ることを公然と非難され、それを根に持っているのだろう。そうに違いなかった。

「エンドウさん、今牛が分娩してる最中なんです。それを見守ってるだけなんです。何がそんなに気に食わないんですか？」

焦りは怒りとなってエンドウに向けられた。どうやら俺はエンドウをにらんでいる。微塵も遠慮がなかった。どう思われても構わなかった。

「ホーレンソーはどうなってるんだよ」

ホーレンソーが流行っている時期なんだろう。覚えたての単語を使いたがることは、モラトリアム期の男子によくある話だ。哀れな子どもおじさんだった。俺はもうエンドウを無視し、ユキに向き合うことにした。

「おい、いつからそうやってるんだよ」

エンドウは鉄パイプにかける俺の右手首をとり、半ば強引に振り返らせた。思いもよらないその強さに動揺する。痛みは感じない。しかしどこか機械仕掛けのような揺れのなさが、振りほどこうとする気力を萎えさせた。

「……なにがですか。そんなの、関係ないでしょう」

「いいから答えろよ！　何時間そうやってるんだよ」

エンドウは語気を強める。

「多分、二時間、くらいじゃないですか……」

それだけ聞いてエンドウはユキに駆け寄り、耳をつかんだ。

「低カルシウム症になっちゃってるよ。一体二時間も何やってたんだよ」

俺が思っているより、ユキはずっと深刻な状態に陥っていた。

処置服に着替えたエンドウは、抗菌手袋を装着し、ユキの産道に手を入れ、胎子の様子を確かめながら言う。

「カルシウムの補液、今すぐ用意して！」

エンドウは産道から外に出た肢を引き、押し込んでは分娩の状況を確認している。その動きに合わせてユキは低く絞り出した声を漏らす。

「はっ？　返事は？　なに突っ立ってんの！　今すぐカルシウムの補液用意してよ！」

「すみません。ちょっとわからないんです」

エンドウは俺の顔を一瞥すると、あきれたようにユキに向き直る。

「それならすぐに知らないって言ってくれよ。じゃあ牽引の準備して！」

エンドウは背中越しに指示を出す。

「わからないです」そう答えるほかない。エンドウは深いため息をつき、大きく肩を落とす。

「じゃあ何ができるの？」

「それは……」

ユキは眼球がこぼれそうなほど瞼を大きく開く。泡立った涎を口角から垂れ流し、俺に何かを訴えかけている。俺はユキの発するメッセージを必死で汲み取ろうとする。でもダメだった。俺には何一つとして理解することができなかった。

「自分が、何をできるのかが……、わからないんです」


そこから一時間、かろうじて与えられた獣医師への連絡と、人員の招集という役割を終えた後は、ユキの分娩介助を見守るしかなかった。知識のない俺が余計な問題を引き起こし、難航する分娩に支障をきたしたくなかった。エンドウは獣医師が到着するまでのわずかな間に、カルシウム剤を首の静脈から輸液してしまった。その後到着した獣医師と連携して仔牛の肢にチェーンを絡ませ、潤滑剤を産道に流し込み、じっくりと、だが確実に胎子の分娩を促していった。二人の仕事は的確だった。ユキのいきみに合わせ、同じタイミングでチェーンを引く。もう何度もこの二人で仔牛の命を救ったのだろう。淡々とこなすオペレーションは、経験に裏打ちされたものに違いなかった。一時間の格闘の末、五十キロを超える大きな仔牛が無事産声を上げた。

エンドウとスタッフたちが後処理をしている様を、俺は茫然と見ていた。きっとひどい顔をしていたのだろう。俺の不手際を察したのかはわからないが、ユキに起こったことを、獣医師が丁寧に説明してくれた。分娩に際し、母体からカルシウムが過剰に失われてしまうことがある。カルシウムは筋肉を動かす大事な役割があり、そうなると難産に陥りやすい。分娩が進んでいないときは、エンドウがしたように耳を触って体温の低下を確かめることが大切なのだと聞いた。

俺は、蛇口からお湯を出し絞ったタオルで全身に付着する血と羊水をぬぐうエンドウに話しかけた。

「エンドウさん、すみませんでした。それと、ありがとうございました」

タオルで顔をごしごしとぬぐいながら、エンドウは俺に言う。

「は？　何が？　ちょっと分からないな。何がすみませんで、何がありがとうなの？」

「すぐに報告できなかったこと、仔牛と母牛を救ってくれたことにです」

俺がそう言うと、エンドウは体を拭くのをやめた。

「ホーレンソーは基本だっていつも言ってるよね？　あれ、俺何回言ったかな？　絶対何回も言ってるよね？」

「報告連絡相談の重要性は、何度も指導してもらってます。今日は分娩が始まった時点で、すぐに報告するべきでした」俺は深く頭を垂れる。

「はあ。――それとさ、『ありがとう』ってどういうこと？　これは仕事だよね。別にユウキ君に感謝されたくて仕事してるわけじゃないんだけど」

しばらくの沈黙。

「……すみません」

絞り出すように俺はそう答える。それを待っていたようにエンドウはすかさず指摘を続ける。

「あとさ、母牛に関しては、これからだから。全、然、回復してないから。もしかしたらこのままずっと寝たきりで、廃用ってこともあるから。安心するのは早すぎるんじゃないの？　ユウキ君さ、ちょっと考えが甘いんじゃないの？」

俺はうつむいたまま、顔を上げることもできずに答える。

「はい。獣医先生にそのことも聞きました。今後ケアしても厳しいかもしれないとのことでした。すみません。俺全然知識もないし、経験も浅いし、生意気で、バカで、傲慢な人間です。自分が情けないです。本当にすみません。でもお願いです。母牛が助かるように、エンドウさんに助けてほしいです。俺には何にもできないです」

エンドウは苛ついていた。ただ子どものように泣いている俺が、どうしようもなく嫌いなんだと思った。無理もなかった。俺だってこんなにダサい人間は、心底大嫌いだった。

「あの牛さ、ユウキ君がいつもかわいがってる牛だよね。知ってるよ、友達なんだろ？　ずっと見守ってたんだよね。はっ。根本的なことを言わせてもらうけどさ、分娩をずっと見続けるなんて、愚の骨頂だからね。君からしたら友達かもしれないけど、人に監視され続けるなんて牛にとってストレスでしかないから！　そのせいで分娩が進まなかったんじゃないの？」

俺は言葉を失った。ユキを助けられなかったどころではない。そもそもの原因が俺にあったのだ。敵は俺だった。俺はユキとその仔牛の生命を脅かす、純然たる敵だった。

「牛にやさしくするのはいいよ！　とってもご立派な態度だよ！　で、それが何なの？　結局牛をダメにしちゃってるじゃん」

エンドウは手に持ったタオルを乱暴にバケツへ放り投げ、その場を去っていった。

俺は家へと戻った。食欲はなく、シャワーをどんなに熱くしても、体の震えは止まらなかった。ベッドに横になっても寝付けず、しばらく朧げな時間を過ごした。

眠れそうになかった。俺はユキの元へ向かおうかと思った。そこでスマホに通知があることに気づく。画面上部の通知には、送り主がエンドウであることを示している。エンドウ？　エンドウから連絡が来ることなど、入社以来一度だってなかった。新人歓迎会の後、お礼のメッセージは無視された。それ以来俺も一度として送っていない。罪悪感は未だ俺の中に色濃く残っていて、これ以上の叱責に耐えられるとは思えなかった。見るのは明日にしよう。いや、もうこのまま確認もせず永遠に葬り去ってしまおうか。だがそんなことはできるはずもなかった。ひどく凄惨な画像の閲覧を強制されるように、俺は震える指で画面をタップした。

『何もできなかったことは、気にしなくていい。何も教えてない。牧場に入って半年で分娩介助の補助ができる従業員は聞いたことがない。一刻を争うから急いで聞いただけで、何もできなくてもよかった。

反省しているようだったから、言っている。君が反省していなかったら、こんな話はしない。これから覚えてくれればいい。

それと、牛にやさしくすることは悪いことじゃない。牛を棒で殴ることは、いいことと思わない。私も好きでやっていなかったし、殴るようになったのは、ここ数年のこと。海外研修生が勝手に始めたことで、影響された。やめることはいいことだと思う。だから気にしなくていい』

これは多分……。――いや、どう懐疑的な見方をしても、エンドウは俺を励ましてくれているんじゃないのか？　ひどくお粗末な文章ではあるが、少なくとも悪意を読み取ることはできなかった。へりくだるつもりは微塵もないのだろう。だがエンドウが、俺の気持ちに、ほんのささやかではあったとしても、寄り添ってくれているように感じた。俺は、すぐに返事を打った。

『そう言ってもらえると、少しは救われます。今更なんですけど、今日、自分は本当に未熟なんだって初めてわかりました。どんなに立派なことを言っても、行動できないんじゃそれは牛飼い失格なんだってわかりました。エンドウさんはすごいんだと、思い知らされました。僕もエンドウさんみたいに、どんなトラブルでも解決できるようになりたいです』

もう夜も更け、日も変わっていたがエンドウからの返信はすぐに来た。

『君、反省ができるんだな。驚いた』

不倶戴天の敵であるエンドウと、こうして意思の疎通をしていることが不思議でならなかった。

『厳しいですね……。自分が間違っていると分かったら、反省もします』

エンドウは寝なくていいのだろうか。明日も朝早いはずだった。

『冗談に決まってるじゃん。ここは笑うところだろ。ユウキ君っていつも冗談通じないな。お疲れ』

は？　はあああああああ？　冗談？　はあああああああ？　いつも？　いつもってどういうこと？　わかんねえーよ。笑えねーよ。つまんねーよ！　いつも？　今までの、どれが嫌味で、どれが冗談だったわけ？　オイオイエンドウ、お前、センスのかけらもないな。冗談、もうやめた方がいい。あんたの冗談は諸悪の根源！　お前の存在自体が悪い冗談。コミュニケーションブレイクダウン！　全っ然、面白くない！　バカなの？　アホなの？　ブスなの？　ブスじゃないの？　じゃあ腐ったミカンなの？　俺はようやくエンドウへの怒りがわいてきて、枕にパンチを食らわせた。何度も繰り返していると、反動からどでかい屁がでた。握ってかいでみた。あまりにも臭かった。そしたら眠くなったので眠ることにした。翌朝ユキは元気に俺を迎えてくれた。

10

　思えば俺はいつも待ち続けている。秋もふけ景色が赤く色づけば、新緑の豊かさを恋しく思う。いつだって、あらゆるものの到来を待ちわびてきた。巡る季節、ネットで買った電化製品、店主が炒めるチャーハン。会いたい人。早く俺のもとへ来ないかと、考えないわけにはいかない。脳内から発せられる興奮物質は、快楽それ自体ではなく、それを期待する状態に宿るという。俺はきっと人よりも欲望が強いのだろう。では他のみんなは違うのか。何一つとして待つべきものがない、ニュートラルな状態などあり得るのだろうか。無我の境地というやつか。そんな取り留めもない思考を巡らせていると、モエコさんからメッセージが届いた。

『今日会う約束なんだけど、本当にごめん、出産が三頭重なって仔牛の面倒で厳しいです……。母牛も分娩牽引で弱ってるみたいで、一日中ついていてあげたくて』

『三頭！　それは大変だ。大丈夫ですよ。難産って周産期病につながるから、しっかりケアしてあげないとね』

『そうなの。ユウキ君よく勉強しているね。ユウキ君が言う通り、この瞬間が何よりも一番大事なの。わかってくれてうれしいよ』

モエコさんがほめてくれた。会えないことには深く落胆したが、褒めてもらえたことで幾分マシになった。ここ数日酪農の本を読み漁っている成果がこんなにも早く現れた。自分の無知を知ることで、彼女の知識量の膨大さを知る。だてに畜産学科を卒業していない。少しでも彼女に追いつきたかった。俺は音楽を必死で聴いていた頃を懐かしく思った。

知は新たなアイディアを生む。この牧場で変えたいことは山ほどあった。今までは現状に不満を持つばかりで、解決案を提示できずにいた。牧場は伸びしろであふれている。きっとみんなうまくいく。ここから牧場を変えていこう。いっそのこと、世界で最もダサい牧場名（その名はご存じハピネスファーム！）も変えてしまおう。俺はファシズムが横行するこの牧場に民主主義をもたらし、すべての人民が挑戦する機会を与えられるべきだと思う。「挑戦民主主義人民共和牧場」というのはどうだろうか。とてもいいじゃないか。是非そうしよう。偉大なる親父様に提案しよう。

休憩室で一人笑っていると、エンドウが入ってきた。タバコを吸いに来たのだろう。いつもであれば副流煙を厭い、そそくさと部屋を後にするのだが、今日はエンドウに話すことがあった。

「エンドウさん、ちょっといいですか？」

パイプ椅子に腰を下ろし、いかにもつまらなそうに電子タバコをふかすエンドウの目の前に、用意していたＡ４の紙を差し出す。

「ん？　何これ……。マニュアル？」

エンドウは左手でタバコを燻らせ、右手で紙をつまんで言う。

「はい、搾乳のマニュアルです。搾り方とか、消毒のタイミングとか、手で搾る意味とか、俺がエンドウさんや本から教わったことを簡潔に書いてみました」

ふーん。エンドウは目線を上から下へと何度も動かす。まるで役人が公的書類の審査をするみたいに。随分慇懃な態度にも見えたし、目ざとく不備を探しているようにも見えた。ふーん。そういって検分を繰り返す。たった一言、いいんじゃない？　って言えばいいのに。だが、この時点で俺はエンドウの大きな変化を感じていた。俺の作ったマニュアルを、手に取るだけでも驚くべきことだった。昔ならにべもなく突き返されていただろう。エンドウは俺に対して扉を開きかけている。これは賭けだった。エンドウに賭けてみたくなった。俺の方こそ変わったのだろう。エンドウに、俺の意欲を認めてもらいたかった。それこそが牧場を改善する、最適で最短のルートなのだと俺は気づいた。きっと今、エンドウは態度の方向性を決めかねている。ここが俺たちの分水嶺になるだろう。俺は粘り強くエンドウを待った。そして、扉が開いた。

「お疲れ様」

部屋に入ってきたのは親父だった。エンドウに用事でもあるのだろう。親父は俺とエンドウが机に向き合っている様を見て、はたと立ち止まる。過剰な句読点のような、妙な間だった。無理もない。この三人が一堂に会すことなど、森で熊と兎に鉢合わせするくらい珍しいことだった。

「おお。ふたりで会議か？　珍しいなー。随分仲良くなったんだなー」

どこかピントがずれ、デリカシーが足りていない。俺は返事を留保した。

「エンドウ君、なに、それ？」親父はエンドウが見ていたマニュアルを覗きこむ。エンドウは目をつむりながら大きな伸びをすると、紙を滑らせて親父側に寄せる。

「――マニュアルですよ。ユウキ君が作ったみたいです」

おお、そうか。親父は紙を手に取る。必要以上に強く持つので、紙に折り目が付く。俺はそれが嫌だな、と思う。

「そういえば獣医さんも搾乳マニュアルは作ったほうがいいっていってた気がするしな！　エンドウ君、どう思う？」

親父はろくに見もせずにエンドウに意見を求める。「えっ？」エンドウは既に明後日の方向を見て電子タバコをふかしていた。マニュアルのことなど初めて聞いたかのように、当事者としての役割を終えてしまっている。

「俺たちじゃ、こんなふうにパソコン使ってきれいに書類作れないもんな。やっぱりこういうのは若い世代の仕事だな」

「はあ」エンドウは親父に手渡されたマニュアルを改めて眺める。

「うーん。――ごめんなさい。正直、あんまりよくないですね」

エンドウはそう言う。俺は聞き間違いかと思う。

「とにかくいろいろと細かく書いてあるけど、あんまり決め切らないほうがいいと思うんですよ。やっぱり牛によってやり方は全然違うんで。このマニュアルには『手で搾る回数は五回』って書いてありますけど、十回は搾らないと刺激が足りない牛もいますしね。相手は生き物なんで、そんなふうに安易に決め切れないと思うんですよ。重要なことは言葉にできないんじゃないですか？　やっぱりその場その場でケースに合わせて覚えていくしかないんで」

「エンドウさん、ちょっと待ってください」

俺はそれだけ言って、エンドウの発言を一度遮る。

「エンドウさん、いや、実にその通りです。機械じゃないんで、杓子定規にすべて同じようにやればいいとは思っていません。あくまでただの目安です。経験も知識もない人は、大雑把でもガイドラインを必要とすると思うんです。そこから経験を積んで、ゆくゆくは柔軟性のある対応をしていけばいいんじゃないですかね」

俺は諦めたくなかった。今重力は俺を捉え、深く落ちてしまえばいいといざなう。大丈夫、誠意をもって話せばきっと分かってくれる。誠実さがあれば、どんな相手でも気持ちは必ず伝わるはずだ。

「うん。だったらもう少し経験を積んでからマニュアルを作ればいいんじゃないの？マニュアル以前に、ユウキ君はもっとやるべきことがあると思うんだよね。この前も俺が助けなかったら、牛死んでたよね。ねえ、社長はどう思います？」

なんだろう。エンドウは何がそんなに気に食わないんだろう。突如間に挟まれた親父は、どうこの場を収めてくれるんだろう。息子と従業員、どちらに味方をするのだろう。

「まあ……、ユウキはまだまだ未熟だからな。マニュアルはちょっと早かったかもな」

……はい、どうもありがとうございました。全部嫌になりました。やることなすこと全部無駄でした。私の善意はたった今汚物まみれになりました。もうどうでもいいです。こんな会社どうだっていいです。全員死ねばいいんです。私はそれで構いません。

「わかりました。もういいです。このマニュアルは捨てます」

俺は机に置かれたマニュアルをぐしゃぐしゃに丸め、ごみ箱に捨てた。

「いや、ちょっとそんな、捨てることまではしなくていいんじゃないの？」

　エンドウが言う。今更取り繕っても白々しかった。多少狼狽しているようだ。そうすると無性にサディスティックな気持ちがわいてくる。

「エンドウさんは、もう少し理解のある人間だと思ってました。期待したその分だけ、随分失望させられました。……あなたは過度なプライドに押しつぶされて、随分苦しそうに見えますよ」

　エンドウは立ち上がり、目を見開く。だが分厚いレンズに圧縮され、どんなに拡げても目玉は小さいままだった。親父が口をはさむ。

「おいユウキ！　あくまでお前はエンドウ君の部下なんだぞ。そんな口の利き方していいと思ってるのか！」

　親父は中立ではないらしい。いいだろう。俺は自衛のためなら戦ってもいい。

「すべてはリーダーのエンドウさんのためですよ。……いや、違いますね。今のは心ない言葉でした。正直に言いますよ。すべては組織のためです。俺は自己保身や虚栄心の奴隷ではありません。誰のことか分かりますか？　あなたたちですよ。俺は純粋な善意で改善提案をしたにすぎません。それをあなたたちは無残にも踏みにじったんですよ。どうしても主体性を奪いたいんですね。下の意見が取り入れられない旧態依然とした封建社会。俺はこの牧場こそ日本の縮図だと思います。海外研修生たちを見てください。彼らが常に自信にあふれているのが分かりますか？　一見すると俺たちに支配されているようにも見えますが、彼らは俺たち日本人を心の中で笑ってますよ。高い賃金だけが彼らをつなぐ唯一の信頼ですよ」

エンドウの顔が怒りで満ちていく。ほんの数分前までは、エンドウと分かり合える気がしていた。どうしてこうもずれていくんだろう。もうこの道は進んではいけない。これ以上行くと引き返せない。そういう声がどんどんと遠ざかっていく。何故いつも間違ってしまうんだろう。もはや何も分からなくなっていた。俺の怒りは、制御を失いどこまでも膨張していった。

「――日本人従業員は従順な家畜です。誘導された方向に動くだけです。そういう体質を作ったのは社長とエンドウさんなんじゃないですか？　変革を許さない組織はいずれ沈みゆく船ですよ。俺は現状を変えたいと純粋に思っただけです。争うつもりはないんですよ。ああそうですね。だったら議論しましょう。俺の提案が具体的にどう間違っているのか、建設的に話しましょうよ。でもまあ無理でしょうね。エンドウさんは老害って言葉をご存じですか？」

「俺はもうやめる」

エンドウは来ているヤッケを脱いで丸めた。それを至近距離の俺に全力でぶつける。エンドウは部屋を出ていった。親父はそれを追った。

　心に霞がかかっている。今日の天気みたいだ。ああ！　なんだってここはこんなに霧が多いんだ。この村はクソだ。クソみたいにしみったれた村のクソみたいなクソ牧場だ。クソッ。クソッ！　気分がひどく悪い。牧場を良くしたいという俺の善意はどこへ向かった？　親父はなぜエンドウを擁護するんだ？　楽しくない。笑えない。美しさのかけらもない。指紋と油で汚れた眼鏡をかけているみたいだ。何日も洗っていない下着を着けているみたいだ。ひたすら不快な気分だ。

　モエコさんに会いたい。俺はモエコさんに今すぐに会いたい。こんなときなんでモエコさんに会えないんだ？　牧場の仕事が忙しくて会えないとしても、せめて近くにいたい。俺はダンを連れてアサギ牧場のジェラート屋へ向かった。


　店内で立ちながらジェラートを食べる。外で食べるつもりだったが、カウンターに立つ女性から、天気が悪いから中で食べるように言われて断れなかった。きっとこの人はモエコさんの母親だろう。多少ふくよかではあるが、顔がよく似ている。なんとなく気まずくて、後ろを向いてジェラートを食べる。

「……あの、もしかしてスオウさん所のユウキ君？」

　話しかけられてしまった。十分に笑顔を作り、振り向いて答える。

「はい、そうです。こんにちは。よく、わかりましたね。ちょっと遊びに来ちゃいました。最近こっちに戻ってきて牧場で働いてます」

「あー、やっぱり。大きくなったねえ……。昔モエコを剣道場に連れて行った時以来だねえ」

そうか、俺も大人たちから見られていたんだな。あの頃は保護者のことなんて気にしていなかったもんな。

「モエコなら友達と約束があるみたいで出かけちゃってるけど、きっとユウキ君に会いたがると思うよ。久しぶりだって、驚くだろうねえ」

「えっと、モエコさん、今出かけているんですか」

「そうなのよー。タイミングが悪くてごめんねえ」

ダンが食べ終わったカップをゴミ箱に捨てた。俺のカップにはまだ半分以上残っている。

「――あの、すみません。今日ここに来たことは内緒にしていてくれませんか。今度突然再会して驚かせたいんで」精一杯の笑顔でそう言った。

「オホホ。そうだねえ、モエコきっと驚くだろうねえ。こんなに背が大きくなって、こんなにかっこよくなっちゃったからね！」

「ユーキ、ミュージックキカナイカ」

「……」

どす黒いものがぐるぐると俺の頭を支配している。モエコさんが友達と出かけている？　何か急用でもできたのだろうか。俺に連絡をしないくらい緊急性の高い用事なのだろうか？

「ユーキ、キョウシズカネ」

それだけではない。モエコさんは母親に俺のことを話していないようだ。母親とはあまり話をしないのだろうか。モエコさんのもつイメージと結びつかなかった。何かがぐるぐると頭の中を渦巻いている。それが何なのかを確かめる気はなかった。


その日、モエコさんからの連絡を俺は深夜まで待ち続けた。

翌日、昼になってもモエコさんからのメッセージは届かなかった。昨日の約束を反故にしたことを一言謝ってほしかった。それだけですべての負債は清算できるはずだった。今日はモエコさんと、どこかへ泊まることも想定して一日休みにしていた。俺のいない牧場ではエンドウが働いている。何の連絡もないことから察するに、結局あれはただのガス抜きだったのだろう。俺は暇を持て余してひたすらネット記事を漁った。

「んん？」

ベッドから身を起こし、姿勢を整え改めてスマホを確認する。あるネット掲示板でのできごとをまとめた記事を、俺は何度も読み返す。その度に疑惑が確信に変わっていく。

「これって……」

記事の見出しには『重度ネトゲ廃人、深夜のカーボーイ、禁断のアイテム使用でジェノサイド。ついでに引退宣言？』とあった。これ……この深夜のカーボーイってＳＮＳのアカウント、シュンジっぽくないか？　やってるゲームもアバターも、どうみてもシュンジだな……。

改めて見返すと、やはりあの夜の事件と、シュンジにまつわる流言飛語が飛び交っていた。それは俗に言う祭り状態だった。『平均ログイン時間22時間』『ログアウトしているところを五年間一度も見ていない』『深夜はそもそもが分業制だから当然だ。俺はそのうちの一人と話したことがある。きれいな女の声だった』『深夜は開発者で最近ユーザー数が減ってきた故のマッチポンプ。つまり手の込んだステマ』『クラウド上に突如自然発生した自律型ＡＩ』『培養液に浮かぶ脳味噌』『粘菌に宿った宇宙意思』『イルカ』『天才チンパンジー』。ほとんどが悪ふざけだったが、なかには気になる文章もあった。『俺マジで深夜さんと十年近くひたすらプレイし続けてきたけど、ここ数ヶ月、急にプレイ時間が半分くらいになったんだよね。疲れてるのかプレイの精彩も欠いてたし。うつになって自殺したとか。まさかとは思うけど、就職したとか……』

シュンジ、マジで超有名人だったんだな。シュンジが――正確には俺が――最後に発した『Wake Up』の一言は新たなネットスラングとして爆発的に広まりつつあった。それは主にネトゲ廃人を揶揄する言葉として使われた。俺は未だ祭り状態のシュンジについて書かれた掲示板で発言してみた。

『俺深夜のカーボーイと幼馴染だけど、最近人んち車にションベンするのにはまって、忙しかったみたいよ。ションベンを臭くするのにいろいろ大変なんだってさ』

すぐにいくつか返事が来た。『今日一でセンスない答え』『頼む！　祭りに便乗するクソガキは死んでくれ！』『ネットやめろ。人間やめろ』。

俺はその返事を見て軽く笑った後、そのまとめ記事のURLをシュンジとモエコさんに送った。モエコさんと気軽に話せるきっかけになりさえすればよかった。この内容で盛り上がらないはずはないだろう。

シュンジからすぐに返事が来た。『なんか勝手に引退宣言になっちゃって、アバターとアカウント使いづらくなっちゃったよ』。

返信しようとしてると、モエコさんからメッセージが届いた。思わずベッドの上に立ち上がる。無論シュンジは無視し、光速でモエコさんからのメッセージを開いた。

『これ、本当にシュンジ君なの？　めっちゃ笑ったわー。チンパンジーって！　シュンジ君ってある意味天才なのかもね。あ、昨日は本当にごめん。おかげで牛は元気だよ！　ユウキ君、突然だけど明日の夜会えるかな？』

モエコさん！　モエコさん！　モエコシャン！　モエシャン！　モエコさんに会える。

『勿論です！　親族一同が同時に失踪して玄関に謎の置手紙があっても読まずにモエコさんのところへ行きます！　どこで会いましょうか？　私の離れでもいいですよ』

『ハハハ、そこは家族を優先してほしいかな。じゃあお邪魔させてください。八時くらいに行くね』

モエコさんに会える。それだけですべてがクリアになった。すべてのゆがみが矯正された。モエコさんは薬箱だ。万能薬だ。……いや、さっきまでの気分もモエコさんのせいだから薬とは違うな。ではむしろ毒なのだろうか。モエコさんは……俺にとって一体何だろう。俺はモエコさんの存在そのものに強く依存していることを感じていた。

11

朝の搾乳が終わる。仕事が始まる朝五時ぎりぎりまで寝ているので、すべて終わるころにようやく俺の頭は覚醒し始める。朝礼ではいつものようにエンドウが連絡事項を淡々と述べている。

モエコさんに久しぶりに会えることで頭がいっぱいで、エンドウの話が入る余地はなかった。モエコさんと話したいことがたくさんあった。ふたりで育んだものの輪郭を、一緒に確かめたかった。「やめます」。俺は目を擦りながらうつむいていた顔を上げる。

「俺は今日でこの牧場を辞めます。皆さん今までお世話になりました」

エンドウが朝礼でそう口にしたとき、搾乳場にどよめきが起こった。俺は最初、何の話をしているんだろうと、興味本位で辺りを見回したくらいだった。

「えっ、ちょっと待ってください。なんで、そんなに急に？　今日で、終わり？　嘘でしょ？　今日？　今月じゃなくて？　今年いっぱいとか、せめてひと月とかじゃないんですか？」

古株の女性社員がエンドウに詰め寄る。彼女の尋常ではない表情に俺はようやく事態を飲み込み、皆に遅れて激しい動揺がやってきた。

エンドウが……辞める？　皆が驚くのも当然だった。主要業務のほとんどを一人で管理するエンドウを失うことが、運営にとって致命的なのは誰もが知っていた。俺は、本音ではエンドウが退職する可能性など考えていなかった。給料を十分もらっていることは知っていたし、今更転職ができるような年齢でもないはずだった。エンドウは気の抜けきった、感情の欠落した顔をしている。

「皆さんには迷惑をかけます。実は次の牧場がもう決まっていて、人手が足りないからすぐにでも来てほしいと言われました。この牧場には本当にお世話になったし、法人化の立ち上げメンバーとして精一杯やってきたつもりです。最初で最後のわがままだと思って、許してください」

次の牧場が決まっていた？　俺との諍いがあって、衝動的に言ってるんじゃないのか？　エンドウはただ一点を見つめている。俺に視線を向けないことが、エンドウの態度を象徴しているように思えた。

「エンドウさん、困りますよ」女性が引き下がる。

「そうですか？　俺みたいな老害が辞めて喜ぶ人もいると思いますよ。では、今日も一日よろしくお願いします」

最後の言葉は明らかに皮肉だったが、感情が伴っていないので、事実をありのままに伝えたような自然さがあった。その一言が、女性社員の気持ちを萎えさせたようだった。皆諦めたように自分の持ち場へのそのそと歩き出す。俺はその場を動けなかった。エンドウが、今日で辞める。

午前の仕事が終わり、事務作業を行うエンドウの元へと向かった。俺がすぐ隣に立ったにも関わらず、エンドウは反応を示さない。意に介さずパソコン入力を続ける。

「エンドウさん、すみませんでした」

悔しかった。謝ることに対してではない。いざエンドウが辞めるとなって、自分がいかに浅はかだったと思い知らされたからだ。エンドウに辞めてほしくなかった。お互いの感情がどうであれ、俺はエンドウに助けられていた。辞めないと知っていたから、エンドウを辞めさせてほしいと、ガキのように駄々をこねていたのだ。情けなかった。エンドウがいない牧場運営の苦労を最優先に考える、自分の打算的行動が情けなかった。親父にエンドウを辞めさせることを迫りながら、その覚悟は皆無だった。

「えっ、何に？」

エンドウは俺に一瞥もくれずに入力を続ける。キーボードの音だけがカチャカチャと誇張されて響く。これはエンドウの復讐なのだろうか。それなら大成功だ。俺は今追い詰められている。だが今は体裁を気にしている場合ではない。エンドウが辞めれば、従業員全員が路頭に迷う。もとより保身など考えてはいない。自分がいかに愚かだったか、認めてしまいたかった。

「エンドウさん、俺はエンドウさんと上手くやれなかったと思います。正直に言えば、そのつもりもありませんでした。俺は生意気だったと思います。エンドウさんがリーダーであることをもっと尊重するべきでした。エンドウさんに辞められると、困ります。エンドウさんがこの牧場にとってどれだけ必要とされているかが、今ようやく分かりました。俺は何もできないです。助けてほしいです。エンドウさんに、辞めてほしくないです」

俺は誠意を込めた言葉をエンドウに投げかけた。

「はは。なんだよ、ユウキ君らしくないな。ハハハ」

エンドウはそう言って笑った。エンドウの笑い声を聞くのは久しぶりな気がする。屈服した俺は、エンドウの目にどう映っているのだろうか。彼は喜んでいるのだろうか。エンドウが最後に笑ったのは、いつだったかな。

「辞めて、ほしく、ない。ハハハ。ハハハハハハハハ」

エンドウは笑い続ける。キーボードを打つ手を止め、天を仰ぎながら笑う。肩がヒクヒクと痙攣する。

「はッ！　ははははッ！　はははははははッ！」

エンドウの笑いは止まらなかった。繰り返すことで意味を失い、それでも発作のように笑い続けた。

「ハハハァ……アハハハァ」

ああ、思い出した。思い出せなかった。エンドウが俺に笑いかけたことなど、ただの一度もなかった。今も笑ってなどいなかった。目じりを下げ、口角を上げ、笑顔は記号としての役割を果たしているが、エンドウが笑っているようにはどうしても見えなかった。よくできた騙し絵のような不気味さが、エンドウの顔にのっぺりと張り付いていた。

やがてエンドウは笑うのをやめた。

「嬉しいよ。笑いが止まらないよ。ようやくスオウ親子から解放されるんだ、明日からは自由なんだ、って思ったら」

エンドウは上を向いたまま、目をじっと閉じてそう言った。

「――親子？　社長はエンドウさんの、味方じゃないですか……」

「ハハハハハ！」

エンドウは何か気の利いた冗談でも聞いたかのように再度笑いを爆発させた。

「詐欺師のスオウが、味方、だって！　冗談、やめてくれよ！」

「エンドウさん、父や俺に問題があるなら、どうぞすべて話してくれませんか。解決できる問題なら相談してほしいです」

エンドウは目の前のキーボードを振り上げ、床に思いっきり叩きつけた。パソコンとモニターがコードに引っ張られて倒れた。甲高い音とともにキーボードは砕け、いくつかのキーはバラバラと部屋中に散らばった。一瞬殺意のようなものが湧き、エンドウの頬を思いっきり張ろうかと思った。だがエンドウ自身が自分の行為に驚いているような顔をしているので、俺は何もしなかった。

「お、俺がさ、どういう思いで仕事を続けてきたか知ってるか？　高校卒業して入ったスオウ牧場にずっと勤務し続けて、毎日休みなく必死に働いて、法人化して大きくなってからは責任を俺一人に押し付けられ、成績が下がれば嫌味を言われ、利益が上がっても褒められもしない。それでも三十年近くやってこられたのは、なぜだか分かるか？」

エンドウは俺の返答を待っているのだろうか。俺は沈黙を続ける。

「社長はな、何か重大なトラブルが起きて俺の負担が増える度に、我慢してくれよ、いずれ君の牧場になるんだから、って言っていたよ。二十代も、三十代も、周りの皆が遊び呆けているときもすべてを牧場に捧げてきたよ。どんなにつらい時でも、自分の牧場を持てるってことだけが俺の拠り所だったはずなのに……。この前君がマニュアルを作った日、あの後社長に言われたよ。我慢してくれよ、いずれ息子が社長になるんだから、って……」

　エンドウはポロポロと涙を落とした。それは俺が初めて見た、エンドウの素直な感情だった。

「エンドウさん……、おれ」

「ユウキ君が戻ってくるなんて誰も言ってなかったじゃないか！　君は子どもの頃からたったの一度も牛舎に入ってこなかったよな！　君が入社するまで、俺は君と話したことさえなかった！　なあ、どうやってユウキ君のことを好きになれっていうんだよ！　チャラチャラと毎日つまらなそうに高校に行ってたな。目も合わせず、挨拶もせず、何度も俺の前を通り過ぎて行っただろ？　君は牛になんか興味なかっただろ？　なんで東京から戻ってきた？　お前ら親子はふたり揃って嘘つきじゃないか！　なあ、何か言えることがあるか？　詐欺師なんだろ？　お前ら親子は、根っからの詐欺師なんだろ？　エンドウさんを騙してました、って言えよ！　言えよっ！　さん、じゅう、ねん、だぞ！　三十年間、騙してましたって言え！　言え！　言えっ！　言ええええええっ！」

　最後には窓が震えるくらいの絶叫になっていた。

「エンドウさん、これだけは信じてください。父は常にエンドウさんに感謝していました。全幅の信頼を置いていたと言ってもいいです。俺が何か文句を言えば、いつもエンドウさんを引き合いに出して反論されてきました。俺はむしろエンドウさんが──」

エンドウが片手をあげて俺の言葉を遮った。潰れてしまったエンドウの喉が、ガラガラといびつな音を立てる。

「もう、折れちゃったんだよ。心が。ハピネスファームの規模は俺には荷が重いよ。ユウキ君みたいに時代に合った人間が運営していけばいいよ。慰めじゃないけどさ、本当に次の牧場が俺には合ってるんだよ。老夫婦が俺に全部任せてくれるって言うんだよ。だから俺にとってはいい話なんだよ。俺はレースから降りるよ。お前ら親子は終わらない経済活動を楽しんでくれよ」

最後は呪いの言葉のようだった。エンドウは部屋を出ていった。床に散らばったキーボードのキーが、虫みたいにもぞもぞと動いて見えた。

夕方、親父に呼び出された。リビングのテーブルに向かい合う。

「辞めるって聞いたのか」

「エンドウさんでしょ。朝聞いたよ」

親父は俺に謝らせたいのだろうか。明日から牧場をどうにか運営していかなければならないこの状況で、俺にどんな感情になってほしいのだろうか。だが親父の返事は思いもよらないものだった。

「三人辞めるんだぞ」

驚いて声も出ない俺に、親父は続けた。エンドウの側近のような存在の男性従業員、俺と同期入社の眼鏡君のふたりが、それぞれ昼ごろに辞めることを告げたらしい。眼鏡君に至っては今夜の搾乳にすら来ないらしい。

「エンドウが、辞めさせたの？」

俺はめまいに耐えながらそんな見当違いなことを聞いた。

「ふたりとも、エンドウ君が辞めるなら自分も辞めると言っていた。どうするんだ。お前は責任取れるのか？」

責任？　朝からずっとマヒしていた感情が、その言葉で激しく揺り動かされた。

「責任って、なに、俺が全部悪いの？」

「お前はエンドウ君を辞めさせたかったんだろ？」

親父もエンドウが辞めたことに失望しているに違いなかった。だがそれをすべて俺に向けるのか？　ああ、エンドウが言っていたのは、この感じなのか。エンドウにはこういうことが何度もあったのだろうか。原因は、俺にあるのだろう。自分が取り返しのつかない状況を引き起こしてしまったことは、なんとなく理解していた。だが、どこか自分も被害者のような、無自覚なまま交通事故を起こしたような、そんな不条理な思いがまだ心に凝っていた。俺は何の悪意も持ち合わせていなかった。

「親父はさ、俺が困ってるってわかんないの？　実際に仕事するのは俺じゃん。なんでどうするか一緒に考えようって、そういう協力的な姿勢を示さないわけ？　責任ってなに？　俺も辞めろってこと？」

俺の弱音を足蹴にするように、親父は嘲笑をあげた。

「はっ。お前まで辞めるって、いったい何を言ってるんだ？　そんなことも言わないと分からないのか？」

その笑いは抑圧されていた俺の怒りを爆発させた。

「なんだよそれ、ふざけんじゃねえよ！　俺が今までエンドウにどんなことされてきたかわかってんのかよ！　なんでいつもそんなに他人事なんだよ！　なんで困ってるときに助けようとしねえんだよ！」

すべての怒りを親父にぶつけたかった。俺はもう涙声になっていた。

「お前は助けてほしいって言ったのか！　助けてもらえるようなことをしてるのか！　何でふたりは辞めたんだ？　お前の態度が悪いんじゃないのか？」

俺が立ち上がって詰め寄ると、親父は一瞬怯んだ。もう殴ってしまいたかった。そうしたらどんなに清々するだろう。

「あんただって同じだろうが！　ずっとそんな態度で協力し合えると思ってんのかよ！」

　俺はテーブルを激しく叩く。その音に反応するように母さんが隣の部屋から飛び出してくる。

「あんたたちいい加減にしてよ！　なんで親子で争うのよ！」

　母さんは泣いていた。もう嫌だ。なんて惨めなんだ。もうこれ以上ここにはいたくなかった。

「俺だってやめてえよこんな牧場」

　俺は部屋を飛び出す。

「ユウキ！」

　親父が叫ぶ。

「扉が壊れるから叩きつけるのはやめろ。あと音楽はうるさいからやめろ」

　俺は黙って家を出た。


　やり場のない感情を抱えたまま眼鏡のアパートまで行った。何度電話しても出ず、終いには着信拒否をされた。何度も乱暴にチャイムを鳴らすと、ドア越しに声がした。

「ユウキさんでしょ。ごめんなさい。悪いのは僕かもしれないですけど、もう帰ってください」

「はあ？　なんで辞めるんだよ！　エンドウさんが辞めて大変な時に、なんで辞めるんだよ」

「いや、大変だからですよ。今まで長時間労働でつらかったのに、さらに大変になるのが目に見えていて、なんで仕事続けなきゃならないんですか？」

俺は愕然とした。ここまで愛社精神のかけらもなかったとは。

「せめて数日、いや今夜くらいは出ろよ！　無責任すぎるだろ！」

「ほらあ、今こうやって怒られてるじゃないですか。だから嫌なんですよ。辞めるって言ったら僕だって気まずいですよ。ユウキさん怖いんですよ。社長は認めてくれましたよ。これはもう終わった話なんですよ」

俺はアパートのドアを思いっきり蹴った。何べんも何べんも蹴った。何度蹴っても気が済まなかった。

「警察！　警察呼びます！」中から眼鏡の声がしたので、ドアに唾を吐いてその場を去った。

『モエコさん、すみません。いろいろトラブルがあって、会えたとしても夜中になっちゃうと思います。今日は多分、会えないと思います』

『大丈夫？　私ができることなら、なんでも手伝うよ』

『いえ、大丈夫です。うちの会社のことなので。正直困ってはいますけど……』

『ごめんなさい、やっぱりちょっと愚痴ってもいいですか。実はエンドウさんが辞めちゃいました。いや、エンドウさんは別に辞めてもいいんですけどね。辞めてくれてよかったくらいなんですけどね。でも他の従業員が、なんかつられて辞めちゃったんですよ。二人も！　お前らどんだけ主体性ないんだよ、って（笑）。せめて最後くらい一人で辞めてくれよって。ダサいなって。マジでがっかりしました。ちょっとひどくないですか？　同じ日に三人ですよ』

『三人は……厳しいね。ユウキ君が期待していることと、みんなが会社に期待していることがずれちゃってたのかな。辞める前に、もう少しお互いの気持ちを話せればよかったのにね』

『はい』

『いや……、それって俺にも落ち度があったってことが言いたいんですか？　それはそうかもしれないですけど、あれ、なんかごめんなさい、俺別にモエコさんにアドバイスを求めていたわけじゃなくて、ただ聞いてもらいたかっただけなんですよね』

『うん。ごめんね。そうだよね。余計なこと言っちゃったね。ユウキ君、つらいよね。わかるよ。無理しちゃだめだよ。つらい時は自分を誤魔化しちゃだめだよ』

誤魔化しちゃだめ？　誤魔化すって何を？　だめって何が？　あれ、だめなのかな。俺がだめだったのかな。無理してるのかな。誤魔化してるのかな。誤魔化しちゃだめなのかな。だめなのかな。嘘はだめなのかな。嘘をついてるのかな。嘘なのかな。嘘つきなのかな。嘘つきだよ。俺は嘘つきなのかな。ユウキ君だよ。俺なのかな。大丈夫だよ。嘘だよ。嘘つきだよ。ユウキ君は嘘つきだよ。

ユウキ君は詐欺師だよ。

12

目覚める。搾乳、牛舎掃除、牛の餌作り、自分の食事、シャリー、睡眠。目覚める。

そんなシンプルな日々が何日も続いた。日に十六時間働くと、残りは当然八時間しかない。俺は文化的な活動の一切を排し、すべてのリソースを睡眠に注いだ。寝るためだけに、俺は目覚めた。夢を見る暇さえ惜しかった。

かれこれ一週間モエコさんと連絡を取り合っていない。見返してみると最近では会話の始まりは常に俺から発信されていた。ひょっとして俺はそれが嫌になったのかな。

ぼんやりとした不安を抱えた停止寸前の思考力のまま、日々はくすぶって灰になった。


「この人が、シノダさん。今日から搾乳と掃除を手伝ってもらうから」

だから、親父が近所の離農した農家を作業員として採用した時は、感動的に嬉しかった。俺が手を取ってことさら愛想よく喜ぶので、シノダさんからの第一印象は非常に良好だったはずだ。その日、シノダさんに連れられ、道の駅へと昼食を食べに行くことになった。

「俺はよお、牛飼うの下手だったんだあ」

シノダさんは蕎麦の上に鎮座する分厚いコロッケを半分に割りながらそう言った。シノダさんは親父と同い年らしいので年は六十丁度だろうか。髭は伸び、頭は禿げ、上の前歯が四本なかった。この村の住人の歯なし率は異常に高い。奥歯ならまだしも、前歯がなくて恥ずかしくないのか。きっと恥ずかしくないのだろう。

「全然儲かんねえのによお、スーちゃんみたいに牧場をでっかくすることもできねえ。ギリギリでやってきてようやく牛舎の借金も返して、さあこれからだって時に、母ちゃん出てくって言うんだよなあ。子どもも巣立って借金は返して、責任は果たしました、って。責任ってなんだよなあ。夫婦で始めた牧場なのになあ。これから将来に向けて蓄えを作っていこう、って言ったのに、もうこれ以上あんたと牛は飼いたくない、って言うんだよなあ……」

シノダさんは汁に浸してべちゃべちゃになったコロッケを、ほとんど噛まずに嚥下した。俺はシノダさんにおごってもらった具のないカレーを口に運ぶ。

「だからスーちゃんがうちで働かないか、って言ってくれた時は、俺本当に嬉しかったあ。牛も、畑も買い取ってくれるって言うから、本当に地獄に仏ってあるんだなあって思ったよ。おかげで母ちゃんもパートしながら家にいてくれるし、地獄に仏ってあるんだなあ。

　スーちゃんのこと、やれ大きくしすぎだとか、やれ牧草畑を独占してるだとか、村の衆はいろいろと言うけどさあ、俺はほんと、立派だと思うんだよなあ。それって、地獄に仏だよなあ」

　シノダさん曰くこの村は地獄らしい。どちらにしても親父がしたことが感謝されているのは間違いなかった。あの日以来、久しぶりに親父とも会話した。今回ばかりは親父に感謝を告げた。シノダさんは多少どんくさくはあるが、今日見た限り作業には全く支障はなかった。搾乳ではむしろ率先して動いていたくらいだ。シノダさんのお陰で、明日から労働時間が十二時間に減る公算だった。

「俺だって人がいないときにシノダさんが入ってくれて、マジで感謝してますよ」

　シノダさんは蕎麦をすすると、ニッと笑った。彼の作る笑顔は、歯の隙間から灰色の麺を覗かせた。

『こんにちは、モエコさん。もう十二月ですね。これまで結構大変だったんですけど、今日、新しく作業員が増えました。地獄に仏ですね。近所の離農したおじさんがうちで働いてくれることになりました。俺もかなり余裕ができました。地獄の沙汰も金次第ですね。

このつらかった日々を小説にでもしようかと思い、通信講座で執筆の勉強を始めました。というのはジョークです。本当はつらい日々を乗り越えるために、ジョーク講座に入っていますね。おっと、最後のことわざは存在しないので俺以外には使わないで！』（このジョークを最初に覚えました）。地獄の鬼が仏と笑いましたね。おっと、最後のことわざは存在しないので俺以外には使わないで！』

一週間ぶりだというのにモエコさんからの返事はすぐに来た。

『そっか、余裕できたんだ。じゃあ、直接会って話そう？　なんだか中途半端になってしまっているよね。明日、会えるかな』

その味気なさが、俺の滑稽な文章をより陳腐にさせた。中途半端とはどういう意味だろうか。俺の知る言葉と同じ意味だろうか。モエコさんと会える時はいつだって踊りだしたくなる気分になった。今の心は静かで、誰もいない家みたいだった。

二ヶ月ぶりに会ったモエコさんは、まるで別人だった。でも具体的にどこが違うのかを言葉にすることは難しかった。印象のままに表現すれば、それは限りなくモエコさんに近い誰か、だった。モエコのクローンです、と自己紹介されたら、俺はすんなりと受け入れただろう。

ソファーに座るモエコさんに向かい合い、スツールに腰掛けた。モエコさんは持参したペットボトルの紅茶を一口飲み、蓋をして机に置いた。かつてそのソファーにふたりで寝たことを思い出そうとする。でも無理だった。それはどこか別の星のできごとみたいに、現実味が無かった。

「寒くないですか？」

俺の問いかけに、モエコさんは無言で首を横に振る。それで分かった。この段階になってようやく確信できた。モエコさんは、俺を避けている。その仕草には否定だけではなく、俺に対する拒絶が僅かに漏れてしまっていた。

「俺のこと嫌いになったんですか？」

モエコさんは表情も変えず、ただ目線だけを遠ざける。すぐに否定するべきだった。その沈黙こそが彼女の意志を雄弁に語っていた。

「エンドウさんが辞めた日、俺がみっともない文章をモエコさんに送ったからですか？　あの時は俺も余裕なくて」

そういうとモエコさんは緊張を緩め、相好を崩した。善意が欠如した、嫌な笑顔だった。どうやら俺は随分的外れなことを言ったらしい。駆け引きなんてしたくなかった。俺はもうモエコさんの言葉を待つことにした。主導権を握ってくれていい。だからすべてを話してほしかった。

「……ハピネスでシノダさんの畑、買ったんでしょ？　そっくり全部」

長い沈黙の後、モエコさんが口にした一言目は、予想外な人物名だった。世間話では、きっとない。その声色には鋭さと、重みが確かにかかっていた。

「えっと……、はい。全部かはわからないけど、そうだと思います。それがどうしたんですか？」

「ユウキ君も、一緒に決めたの？　ユウキ君は、シノダ牧場買収をどう思ってるの？」

モエコさんは徐々に不満を滲ませつつあった。それはもはや隠すことはできないほどに溢れだしていた。

「すみません。質問の意味と意図が理解できないので、答えようがありません。モエコさん、一回落ち着いて、初めから全部話してくれませんか？　俺はモエコさんとこんな風に、言質の取り合いのようなことはしたくありません」

モエコさんは少し笑った。でもそれは「子どもは何にも知らないんだ」、そんな諦念を含んだ笑いに見えた。

「私のお父さん、ハピネスファームのこと、ずっと嫌いなんだ。黙っててごめんね」

「なんですか、それ」

話の出所が突拍子もなさ過ぎて、文脈が摑めない。彼女自身、話を整理できていないに違いなかった。でもようやくすべてを話す覚悟が決まったようだった。

「……うちの牧場ね、ずっとうまくいってないの。それなりに頭数がいて、その割に牧場の敷地が狭くて、堆肥処理が回ってないの。牛のフンはね、直接畑に撒いちゃいけないのは知ってる？　それは不法投棄になって、実際に何人も逮捕されているんだよ。だからしっかりと撹拌して、十分な期間をかけて発酵させた堆肥にしないといけないの。それでようやく畑に撒けるの。お父さんがキャパを超えるような規模にしたせいで、堆肥を作る場所も、撒く畑も足りてないの。仕方なく堆肥を外部処理施設に運ぶんだけど、それって莫大な費用が掛かるんだ。

だからね、シノダさんが牧場を売りに出した時はお父さん、本当に喜んでたんだ。これで堆肥処理がなんとかなる。これからアサギ牧場は全部うまくいくって。久しぶりにお母さんと笑い合っているのを見て、ああ、やっぱりふたりが仲良く話してるのはいいなあ、って思ったんだ」

モエコさんは少し声が震えていた。

「売りに出したって、なんですか？　うちの親父から牧場を売らないかって、シノダさんに切りだしたんですよね？」

モエコさんは俺の言葉に動きを止めた。目の前のペットボトルを手に取り、飲もうとしているところだった。その姿勢のまま「ははは」と笑った。

「そういうことになっているんだ。やっぱりずるいなあ、スオウさんは」

嫌な予感がした。このあたりで段々と話が見えてきた。

「シノダ牧場の話はね、もう半年も前から決まっていたことなの。これ以上は経営が苦しいから、シノダさんは牧場を売りに出して、それをアサギ牧場が買うことになっていたの。

半年間、売却価格とか土地転用とか、ずっと交渉と協議を重ねて、もうあと少しってところで、突然スオウさんがすべてを奪っていったの。きっとうちじゃとても出せない値段で買い取ったんでしょうね。

……シノダさんは不誠実かもしれないし、商売だから当たり前だって考え方もあると思う。でもね、それでもね、これってあんまりじゃない？　私、すごく悔しかった」

モエコさんは俺と一度も目を合わせようとしない。ずっと俯いたままだ。俺は何も知らなかったんです。すべては親父のやったことなんです。そう言い切ってしまいたかった。その言葉が俺を許してくれるはずだった。だが口にすることはできなかった。

「お父さんはね、もっと悔しがってる。ううん。悔しがっているかも、もうわからないの。最近はずっと無表情で何を考えているかわからない。

——お父さんはね、この地域で最初に牧場を百頭規模にして、さらに二百頭まで一気に拡大して、ジェラート屋も作って、常にトップだったの。私の家にはいつも偉い人がかわるがわる来て、その人たちが帰る度に父さんはすごいんだぞって私に自慢してくれた。

……でも五年前にハピネスファームができて、規模はうちよりずっと多い八百頭。お父さんはずっと嫉妬してたんだ。あんな牧場成功するわけがない、すぐに潰れてしまうって。お父さんはスオウさんに事あるごとに突っかかって、何か問題を見つけたら通報して。だからね、きっとこれはスオウさんの仕返しでもあるのかな、って思ったんだ。わかる？　これはお父さんの撒いた種でもあるの。プライドのために競い合って、罵り合って、奪い合って。私は牛と人が幸せならそれだけでいいのに……」

モエコさんはボトルから手を離し、顔を上げる。目が紅く染まっていた。

「だからね……、私はスオウさんも、お父さんも、みんな大っ嫌い。ねえユウキ君、勝ち続けるのってどんな気分？　相手を打ち負かして、やっつけて、願いをかなえて、すべて思い通りにいくのって、どんな感じがするの？」

「モエコさん……俺は……」

俺は？　これ以上の沈黙に耐えられず発した言葉は、あまりにも不用意だった。

「なに？」

モエコさんが問い詰める。なぜ今言葉をかけたのだろう。だがもう後悔しても遅かった。

「俺は……知らなかったんです――」

言えた。言えてしまった。言ってしまった。でも二の句を継ぐことはできない。なぜだろう。もうこれ以上、何も言うことがなかった。

「ふふ、ふふふ。そうだね、そうだよね。ユウキ君は何も知らなかったんだよね。うん。ねえユウキ君、ところで君、ネットで私のことずっと見てたでしょ」

「えっ」

唐突過ぎて、俺は思いがけず驚いた。その表情が、すべてを物語ってしまったことだろう。

「やっぱり。あれはユウキ君だったのね」

モエコさんは答えを知っていたのだろう。そこには驚きではなく、軽蔑の顔があった。モエコさんは、最も効果的なタイミングを狙っていたとしか思えなかった。それは俺に対する攻撃でしかありえなかった。でも……いったいなぜ？　俺のアカウントは偽装してあったはずだ。

「私ね、この前ダン君と会った時、連絡先とＳＮＳのアドレスを交換し合ったんだ」

ああ。ああ……。それだけで十分だった。俺の偽装アカウントは、友人数を増やすためにダンが登録されている。

「ダン君のページを見ていたら、友人一覧に見覚えのある顔があって。あれ、この人誰だっけ、って開いてみたら、私のページを昔から頻繁に見にくる人だった。国籍も性別も違うし、私に縁もゆかりもないから、変だなって覚えてたの。友人の申請が来たときは、きっと私がのせる牛が可愛くて見にきているんだろう、くらいにしか思っていなかった。その人は、ダン君と友達だった。偶然、ってことはありえないよね」

「モエコさん、すみません。気持ち悪いことして」

　あたまが、ぼんやりとしてきた。もうすべてを、はなしてしまうしかない……。俺の浅ましい工作は、すべて露見した。残された選択肢はない。偽らずにありのままを話して、モエコさんに誠意を見せるしかない。

「モエコさんを最初に見たのは、六月くらいです。その頃からずっとモエコさんをネットで見ていました。モエコさんといろんなところで趣味が合うのは、モエコさんに俺が合わせているからです。すべて偶然ではありません。俺は、モエコさんに好かれたい一心で馬鹿なことをしました。すみません。許してほしいです」

「やっぱりそうだったんだ。全然わからなかったよ。すごい、すごいな、ユウキ君は」

　モエコさんは一段落ついたようにソファーに座り直し、ボトルから紅茶を飲む。きっともう冷めてしまったことだろう。

「あのね、私全然怒ってないよ。ただただ感心したの。私にばれないように巧妙に偽装して、先回りしていろいろと考えて。ユウキ君って本当に賢いんだと思う。人間としても強いし、カッコイイと思う。……それがね、私は怖くなったの」

ああ、そうか。やっぱりもう終わったんだ。随分前に終わっていたんだ。これは何かを直すための行為ではないんだ。不可逆的に壊れてしまったものを、具体的にどう壊れたか一緒に確認する作業だったんだ。

「最初牧場でユウキ君と会った時、私はお父さんがあんなに嫌いなスオウさんの子どもはどんな人間なんだろうって、そんな興味もあったの。息子も傲慢で強欲な人間なのかな、って。実際接してみたら、全然そんなことなくて。面白くて、人間味があって、やさしくて、私、ユウキ君のこと、……大好きになったよ。何をしていてもユウキ君の顔が頭に浮かんできて、もう何も手がつけられなくなるくらいだった。だから私はここでの夜のこと、全然後悔してないよ。とてもすてきな夜だった。

でもね、今回のことがあって、改めて思ったの。ユウキ君は私と違う。先を見越して根回しして、戦略的に生きていく器用さは、スオウさんそっくりなんだって。ユウキ君にいろいろな面があるのは知っている。でも、私はユウキ君のそういうところを、好きになれるかわからないなって、思っ――」

「ごめんなさい」

もう十分だった。もはや結論を聞くほどの気力もなかった。

「私のほうこそ……、ごめんなさい」

　モエコさんはそう言うと、そこで不意に何かを見つけたように、はっと目をひらき、驚嘆の表情を浮かべたかに見えた。でもそれは俺が捉える前に虚空へ消えた。おそらくそれは、澱のようにわずかに残っていた、憐憫の情だったのだろう。

「もう、帰るね。これ、借りてた映画」

　モエコさんはトートバッグからＤＶＤを取り出して机に置き、そのまま逃げるように出て行った。

　俺は跪いてソファーに顔を埋める。頬にモエコさんの体温を感じる。俺は泣こうと試みた。でも涙は出なかった。

「うぉぉぉぉおおおお」

　声を絞り出し、自分をヒロイックに演出する。悲しみに浸りたかった。でもどうしても涙が出ない。何の感情もこみあげてこない。モエコさんは、俺を悲しませてもくれない。それは何よりも残酷な罰だった。

13

風の強い日に湖畔を走る。誰もいない、冬の湖。山に囲まれ、崖の迫るアスファルト道は春まで封鎖されている。もういつ雪が降ってもおかしくない。そうなればこの隘路を除雪することはかなわない。冬の間、見捨てられる道。俺はここを走るのが好きだった。それはここが静かだからだ。でもその日は風が強かった。

黄昏時、雲の切れ間から差し込んだ直線的な陽光が、山の麓を照らす。紅葉はずいぶん前に終わり、道にはくすんだ落葉が散る。それを踏みしめながら一歩ずつ進む。道の端に追いやられた松の葉が左右に揺れている。その日は風が強かった。

今、どのあたりだろうか。湖畔は一周十二キロあり、普段なら一時間ほどで戻ることができる。湖はいびつな円形をしている。その外縁に沿って時計回りに走る。風景の変化に乏しく、出発点に戻って初めて自分の位置を知ることができる。俺はいつから走っているのだろうか。すぐに思い出すことができない。俺は、いつここを走り始めたのだろうか。

明かりが急激に失われていく。日は既に稜線の向こうに消え、影の形もあいまいになる。冬の日没時間の見積もりが甘かったようだ。走る速度をあげる。道に灯はない。早く戻らなければならない。左手の森から獣の気配を感じる。今はじっと息を潜めている。彼らは夜を待っている。急速に発達した鉛色の雲が空を隠す。まもなくこの星の影が、すべてを覆ってしまうだろう。

さらに速度を上げる。こんなに速く走ったのはいつぶりだろうか。俺はじわじわと感じ始めていた。得体のしれない恐怖を。きっともうすぐ着く。あのカーブを曲がってしまえば、俺の車が現れるはずだ。あのカーブを曲がれば……。だがまた新たな直線が続く。大丈夫だ。次の大きなカーブを曲がればたどり着けるはずだ。その次でもいい。ゴールにたどり着きさえすれば。ゴールに？　目指しているのはスタート地点じゃなかったか？　俺はどこを目指しているのだろうか。混乱から逃れるように、さらに速度を上げた。

わずかな松林を挟んで、右手に湖が見える。そのはるか対岸まで道は続いている。少なくとも半分以上は走ったはずだ。長くて三十分、いや、あと数分もすればたどり着けるだろう。俺はいつから走っているのだろうか。それがどうしても思い出せなかった。もう遠くまでは見えなくなってきた。頭上まで迫る木々の枯れ枝と、後ろへ消えていく常緑樹林から色が失われていく。アスファルトも、湖も、森も、自分も、すべてがモノクロームに染まる。やがてそれもだんだんと透明になる。世界が黒く塗りつぶされていく。俺はほとんど全力で走る。なくなる前に、何も見えなくなる前に、ここからでなければならない。何も。何も……。

何も？

ようやくここが異常な場所だと悟る。なぜ風が強いと判断できたのだろう。木々が大きく揺れている。葉が飛び舞い散る。それなのに、俺には何も聞こえない。音が全く存在しない。静かすぎるのではない。一切の音が欠落している。風の音も、自分の足音も……聞こえない！　恐怖で声を出すことができない。もし自分の声さえ聞こえなかったら？　俺は今、自分の意志で走っているのだろうか？　今更引き返すことはできない。進むことしかできない。だがそれは自発的な意志なのだろうか？　その気になれば止まることができるはずだ。手が前後に振られる。足が上下に運動を繰り返す。胸が膨らんではしぼむ。それを止める意志が、正確に働く自信がない。

カーブを抜け、長い直線に入った。左手の湖から強い風が吹きつける。左手の湖？

それは、あり得ないことだった。湖は……俺の右側にあったはずだった。いつから？

いつから逆になった？　俺はいったいどこを走っているんだ？　俺はどうして走っているんだ？　俺は、気が触れてしまったのだろうか？

　道の先から何かが近づいていた。人が、人が走ってくる。人のシルエットが上下に揺れている。そいつは俺と同じように走っている。お互いが向かい合って走るので距離は急速に縮まる。そいつはフードを被っている。男がすぐ目の前に迫る。

　俺は速度を落とし、歩き出す。歩調が緩慢になっていき、やがて立ち止まる。止まってしまうと、それが自由意思によって行われたのか思い出せなくなる。引き下がることはできない。動けないのか、動く意思がないのか、自分のことなのに、判断がつかない。男が一歩ずつ近づいてくる。

　闇に溶けゆく森からは、今やおびただしい数の視線が注がれていた。直視をせずとも、避けがたく視界に入ってしまう。横を向くことはできなかった。焦点が合ってしまえば、俺はきっと発狂するだろう。それらは獣ではなかった。異形のモノたちが、ぐちゃぐちゃとうごめきながら、俺たちふたりを見つめている。深い恐怖が吐き気を誘う。これからひどく残虐な行為が行われる。そいつらはその時を淡々と待っている。

　男が目の前に立ちはだかった。フードの作る濃い影で顔が見えない。そいつはゆっくりとフードに手をかける。見せないで、ほしい。頼むから、顔を見せないでほしい。そいつはゆっくりとフードを取る。

俺の喉が震えている。そこからびりびりと振動だけが全身に伝わってくる。これはいったいなんだろう。俺は喉に触れてみる。俺は絶叫していた。

――それは俺だった。白黒のスオウユウキが、笑いながらこちらを見つめている。俺が叫んでいるせいなのか、そのことに驚いたように口を大きくあける。それも無音のまま絶叫する。大事な組織をひきちぎりながら、口がめりめりと裂けていく。口蓋に圧迫され、目と鼻がつぶれてしまう。俺の頭を丸呑みできるほど展開し、さらに一歩ずつ俺に歩み寄る。周りは一秒毎に暗くなり、近づくほど像が不明瞭になる。あと僅かでのみこまれてしまう。首の、上の、暗く、深い、穴が。ああ、もう、すぐそこまで……。

音のない世界から光が消えた。

14

群青色の髪は密集した牛の群れに馴染むことはなかった。牛たちがつくる奔流がその青い塊で割れて流れていく。

「おーい、大丈夫？」

アカリは俺の声にハタと動きを止める。そうすると牛の群れだけが向こうへ消え、そこにアカリが一人取り残された。

「――ユウキさん。それに、ハカセ」

アカリは振り返って言う。

「アカリさん、牛と仲良くなろうとしてたの？」

アキラがアカリに話しかける。

「そうなんだけど、全然仲良くなれない！　みんな逃げてくんだけど！　なんなの？私が青く髪染めたから？　あいつらには刺激が強いのかな？」

アカリは少しイライラしてるみたいだった。

「牛は色がほとんど認識できてないはずだけど。世界が白黒に見えてるから多分青い髪も僕らと一緒じゃないかな」

アキラはにべもなく答える。色の話は俺も初耳だった。

「えっ、それマジー？　さっすがハカセ！　あったまいー！」

アカリはやけに大きい声でアキラをほめる。それが皮肉なのか、単純に感心しているのか、俺には判断がつかない。でもアカリは見た目と違って意外に素直だから、斜に構えたりはしないか。


ふたりは春に入社した新入社員だ。人員補充を急いだハピネスファーム（一年で名前はどうでもよくなった。今ではもう何も感じない）は、とにかく手あたり次第求人広告を出した。季節は冬で、ほとんどの学生は就職先が内定しており、応募は片手で数えるほどだった。だから国立大政経学部卒のアキラが面接に来たときは、何かの間違いなんじゃないかと疑った。君を雇っても持て余すかもしれない。いくらでも大手企業に勤められると思うけど大丈夫か？　そう正直に聞いた。アキラはどうしても牧場で働きたいんです、そう答えた。一年間就職活動もせずに世界中を旅しながら進路を考えぬいた結果なんだそうだ。曰くこの世界でもっともエライ動物は牛なんだそうだ。理由は絶対に教えてくれなかった。頭はいいんだけどちょっと気の毒なところがあるやつだと思った。

アカリは片側の眉根を上げて顎を突き出した。

「アキラ君、ほら、やってみなよ」

俺がそう促すと、アキラはユキの後ろ脚と乳房の隙間に、うやうやしく手を差し入れた。ユキは初めビクッと緊張を見せた。んーだめかな、嫌がるかな、アキラもかくのやめちゃうかな、そう思った。だがアキラはさらにもう一歩踏み込んで手を奥まで差し込む。そしてごしごしと指を立てて股を掻いた。

するとどうだろ……。浮いた！　ユキが左後ろ脚を徐々に浮かせ始め、しまいには四五度の角度までぐっと股を拡げた。それはまるで犬が排尿するときのポーズだった。明らかに誘っている。ユキは掻かれたがってる。

「わっわっ！　すごい！　ハカセ！　ユキさんめっちゃ喜んでるじゃん！」

アカリが手を叩いて喜ぶ。ユキはたしかに喜んでいる。俺もこんな姿の牛を初めて見た。牛にこんなかゆみポイントが隠されていたとは……。

「ユキさん！　気持ちいいですか！　かき加減は、よろしいでしょうか？　これがお気持ち、よろしいのでしょうか！」

アキラは興奮している。ぼりぼりとユキの股をかき続ける。

「アキラ！　もっと、もっとだ！」

たまらず俺も応援する。

15

牛が鳴いている。牛は鳴かない。被食動物である彼女たちは、自分の居場所を知らせるようなことはあえてしない。発情で興奮しているか、出産でいきんでいるか、あるいは何かしらのトラブルに巻き込まれているか……。だからシュンジの家に着き、遠くから聞こえる牛の声を聞いた時、どこか不吉な予感がした。離れには姿は見えず、牛の声に導かれるように牛舎へ向かった。

ウスキ牧場の木造の牛舎に入るのはこれが初めてだった。そもそも個人酪農家の牛舎自体、小学生の時に母親に連れだった時以来かもしれない。牛舎はじめじめとして、見上げると天井の梁を埋め尽くすように蜘蛛の巣が張り巡らされていた。今日の天気は相変わらず濃い霧で、それは悪辣な山賊のように牛舎の奥にまで無遠慮に侵入し、すべてが霞がかって見えた。

シュンジは牛のベッドを掃除していた。作業着を着て、腰を曲げてフンを下の溝に落としている。ヤッケのフードをかぶっているので、一瞬シュンジの母親と見間違えた。

「シュンジ」

　俺が声をかけると、シュンジはゆっくりと振り返った。

「――ユウキ君。久しぶりだね」

シュンジの口の周りを髭がびっしりと覆っている。頬が病的にこけている。

「お前……ガリガリじゃん」

あまりの豹変ぶりに、思わず見たままを伝えてしまう。

「んーずっと働いてたからね。ウフフ」

見た目には悲壮感が漂っていたが、言葉はしっかりとしていて、俺は少し安堵した。

シュンジには聞きたいことが山ほどあった。

「シュンジ、お前全然携帯つながらないけど、どうしたんだよ。半年前くらいから何回もかけたぞ。それよりもここ、牛なんでこれだけしかいないんだ？　こいつらずっと鳴いてるけど、どうした？」

　俺が五月雨に質問を浴びせると、シュンジは困ったようにも口をもごもごと動かす。

　この牛舎にはざっと見積もって五十頭分はベッドがあるだろう。だがそのほとんどが空だ。個人酪農家のほとんどは、うちやアサギ牧場のような大型牧場がそうしているように牛を放し飼いにはしない。繋ぎ牛舎と呼ばれたその形態は、牛一頭に対して畳一畳分のスペースが与えられ、そこで寝起きを繰り返し、餌を食べ、その場で搾乳が行われる。しかし今ここには三頭しか牛がいない。

「モォオオオオオオオ！」

その時、今まで不規則だった三頭の鳴き声が等しく重なったことで、大きな不協和音を響かせた。その音で俺はようやく我に返る。

「いや、ごめん。そんなことよりさ……、お母さん、残念だったな。俺、驚いたよ。一年前は元気だったのに」

肝心な事を言いそびれていることに気がつき、今更お悔やみを告げた。

「うん……。半年ぐらい前に倒れて、そこからはずっと病院。全身ガンだってさ。とっくに末期だった。最近はずっと昏睡状態だったよ。だから、もうずっと前に覚悟できてたんだ。息をするにも苦しそうだったし。母さんが楽になれてよかった、ってのもあるんだ。だから今は悲しいばかりじゃないよ。

……ユウキ君、歯は大事だね。母さん歯が無いから何でも噛まずに飲み込んじゃってたんだよ。それって内臓にすっごく悪いみたいよ。僕それからずっと忙しかったけど、歯だけはちゃんと磨いてるもんね」

シュンジの穏やかな表情は、諦めたように、あるいは何かを悟ったようにも見えた。人の印象を根本的に変えてしまうのは、表情なんだと思った。去年再会したときは、十年ぶりだというのに中学生のままだと感じた。今俺が見ている表情は、シュンジが決定的に変わってしまったことを、否応なしに見せつけていた。

「母さんいないから大変だったなあ。携帯壊れてても修理に行けないし。それと……、ああ、牛？　牛は明日でもう全部売っちゃうんだ。今日までどんどん減らしていって、残りはこの三頭だけ。もう餌買うお金もないんだけど、丁度昨日全部あげきっちゃったんだよね。だから、こいつら餌が欲しいんだと思う。明日までなら何とかなるから、我慢してくれよって感じ」

シュンジがそういうと牛たちはより激しく鳴いた。彼女たちはシュンジの言葉を理解した上で、切実に空腹を訴えているみたいだった。

「ああ、うるさいな。一日くらい食べなくてもどうにかなる、っての」

「シュンジ、牧場から餌とってくるから、ちょっと待ってろよ。すぐに戻るよ」

シュンジの同意も聞かず、踵を返してその場を去る。急いだわけじゃない。それ以上、シュンジの顔を見ていられなかった。

牧場へ向かい餌をバケツに入れ、軽トラで戻る中、俺はずっとシュンジに降りかかったことを思った。牛を売る？　もう廃業するのだろうか？

シュンジはまた、追い詰められていた。大人になった今、俺はシュンジに何をしてやれるだろうか。

「おー、よく食べるなあ。うちの餌はうまいからなあ」

「ウフフ。ほんと、なんかいい匂いするね。あっという間になくなっちゃうね。本当、おなかすいてたんだなあ。ユウキ君、どうもありがとう。おかげで、静かになったよ……」

　しばらく餌を食べるのを眺めた後、俺たちは牛舎を後にした。


　服を着替えたシュンジに促され、ウスキ家母屋に入る。玄関も、天井も、何もかも記憶よりもずっと狭く、小さく感じた。鼻腔をつくすえた匂いと、宿命的な薄ら寒さが、この空間にはびこる不吉な予感をいや増していた。

　奥へと続く廊下を抜ける途中、薄暗い台所に年老いたシュンジの祖父母と、シュンジの叔父がテーブルを囲んでいた。叔父は去年フェスで見た時のような派手さはなく、スラックスに白いシャツを着て、無言で両親に向き合っている。シュンジの祖父母は俺が来たことには反応を見せず、そこにずっと昔からあった置物のように、じっとテーブルを見つめている。

「こんにちは。この度はお悔やみ申し上げます」

　俺がそう言うと、叔父がこちらへ向き直る。

なずいた。かつて、この家で暮らした四人。娘を、姉を失った家族がそこにはいた。
シュンジが叔父のために説明してくれた。叔父は俺の目を見つめ、コクリと一つう
「すぐそばのハピネスファームのスオウ君だよ」
「ああ、シュンジの……」

台所を後にし、和室へと進む。部屋は細長い家の最深部にあって、日が入り込まないためか一層ひんやりとしていた。蛍光灯の青白い光が、布団に横たわるシュンジの母に陰影を穿つ。部屋にはシュンジの父と、モエコさんがいた。ふたりは向かい合ってシュンジの母を看病しているようにも見えた。正座をするモエコさんの隣に座り、目の前の父に一礼をし、お悔やみを伝える。抜け殻みたいな父親は、ええどうも、とつぶやいた。モエコさんにもお辞儀をする。昨日訃報を伝えてくれた時は、通夜に出席するとだけ言っていた。こうして弔問に訪れているとは思わなかった。モエコさんは髪が短くなって、全体的に少しだけ丸くなったように見えた。それは顔の輪郭が露わになったせいだろうか。
シュンジの母親に目を移す。母は、一年前に見た時よりずっと若返って見えた。きっと入れ歯のお陰だろう。歯は大事だね。シュンジの言葉がよみがえる。化粧を施され、見違えるほど綺麗になった。それでもミイラみたいに痩せた首が、病魔の痕跡

ら、何も急ぐことはないのに、年下の同期とどうしても比べてしまうようだ。必死で自分のかゆい場所を、それも意外性のある場所を探しているのが分かった。

「アキラ君、そんなに難しく考えなくってもいいんだけど……」

「またです！」

アキラが突然何かを叫んだ。「えっ？」俺とアカリはふたり同時に聞き返す。

「またですよ。股。なぜかゆいのか？　お答えしましょう。それは蒸れるからです。なぜかきたいのか？　答えはシンプルです。頭や鼻と違って人前で大っぴらにかけないからです。牛たちは手を持ちません。きっとかきたくてたまらないに違いありません！」

俺は口をあんぐりと開ける。アカリは何のことか全くわかっていないようだ。

「え、え、ハカセ何言ってるの？　また？　マタってどこよ」

俺は段々と笑いがこみあげてきた。

「むっ。股は……、つまり……大腿部と陰嚢の隙間、だよ」

「ハハハハ！」俺は腹を抱えて笑う。ユキが何事かとこっちを見た。

「は？　いや余計わかんないし！　どういうこと？　どういうこと？」

俺は黙るアキラに代わって答えてあげることにした。

「つまり太ももとタマキンの間ってことだよ。これは男にしかわからないよな」

いいわけよ。みんなはかゆくなるところってどこ？」

　俺がそう質問すると、ふたりは真剣に考えこんでいる。頭、耳、尻、背中、実はどこだってよかった。牛の気持ちになって考えてほしい、大切なことはそれだけだった。

「はいはーい」アカリが子どものように手を挙げる。

「私、ピアスがすっごいかゆくなりまーす。牛も耳がかゆいと思いまーす」

　両耳を左右に引っ張り、ゾウのように広げながら言う。そこには丸いピアスは勿論、リング状のもの、棒状のものが耳を貫いて、もともとの住人であるはずの耳のほうが、ずいぶん窮屈そうにしていた。

「ピアス？　……なるほど。それは俺も考えたことなかった。確かに牛って耳にタグ付けてるもんね。ちょっとやってみて」

　アカリはユキの耳に付いた個体番号が記されたタグの付け根を指でかいてやる。ユキは俺が耳の穴を掃除するのとは別の反応を見せた。目を細め、真剣な表情を浮かべているようにも見える。ここも意外と気持ちいいのか……。アカリはユキを見て満足そうに笑顔を浮かべた。

　するとアキラの顔がみるみる曇っていく。アキラは随分分かりやすく焦っていた。この半年間、失敗を恐れない積極的なアカリに、アキラは様々な場面で水をあけられてきた。アキラは何事も納得したうえで行動したいのだろう。それはそれで個性だか俺たち三人は牛舎を歩いた。

「はい、じゃあ今日の講師のユキちゃんです。みんな挨拶して」

ユキの白い体を叩く。彼女はお構いなしに餌を食んでいる。

「ユキさん、どうぞよろしくおねがい申し上げます」

アキラがかしこまって首を垂れる。

「えっ……ちょっと待って、ハカセなんでさん付けなの？　なんで敬語なの!?」

アカリはいつだって俺が遠慮して聞けないことをズバッと切り込む。今までその無神経さに何度助けられたことか。

「いや、ユウキさんが講師だって言うから。講師は尊敬するべき対象だよね。そもそも牛は偉いんだよ。僕はいつも牛をやんごとなき存在だと思っているよ」

こいつ頭はいいけど、どこかずれてるんだよな。でも面白いから泳がせてしまう。

「アカリさん、ここはユキさんでいこう」

「ウケルー。ユキさんよろしくお願いしまーす」

「──という訳で、牛とのスキンシップはかゆみ取りってことはわかってもらえたと思う。牛も人も基本的には、同じ動物なんだから、自分に置き換えて推測していけばアカリの採用はさらに苦慮した。地元の農業短大を卒業し、どこも雇ってくれないからと、うちへ来た。そのころアカリは金髪で、耳にピアスが左右合計で六個ついていた。面接中、彼女はずっとガムを噛んでいた。俺は見た目にこだわるタイプじゃないけど、わざわざ好き好んで選ぶには派手すぎた。本来であれば消去法で最初に落とすだろう。それにしても四月に一人入社では心もとない。もうヤケクソだった。どうして牧場で働きたいの？　その質問に、牛ってなんか可愛いじゃないっすか、と答えたのが救いではあった。入社時にピアスは倍の十二個に増えていた。あれでも多少身なりに気を使っていたらしい。ガムは緊張を和らげるためらしかった。

ふたりともそれぞれにそれなりの問題は起こしてくれたものの、半年間辞めずに今まで続けてくれている。

「ちょうどね、アキラ君がもっと牛と仲良くなりたいって言うから、レクチャーに来たんだよ。アカリさんもどう？」

「えっ、ハカセそんなこと頼んだの？　いっがーい！　ウケルー！　あ、ユウキさん、受けます受けます。コツほしーです！」

アカリのこういう素直なところは嫌いじゃなかった。

「じゃあみんなでユキちゃんを探しにいこう」

アカリは片側の眉根を上げて顎を突き出した。

「アキラ君、ほら、やってみなよ」

俺がそう促すと、アキラはユキの後ろ脚と乳房の隙間に、うやうやしく手を差し入れた。ユキは初めビクッと緊張を見せた。んーだめかな、嫌がるかな、アキラもかくのやめちゃうかな、そう思った。だがアキラはさらにもう一歩踏み込んで手を奥まで差し込む。そしてごしごしと指を立てて股を掻いた。

するとどうだろ……。浮いた！　ユキが左後ろ脚を徐々に浮かせ始め、しまいには四五度の角度までぐっと股を拡げた。それはまるで犬が排尿するときのポーズだった。明らかに誘っている。ユキは掻かれたがってる。

「わっわっ！　すごい！　ハカセ！　ユキさんめっちゃ喜んでるじゃん！」

アカリが手を叩いて喜ぶ。ユキはたしかに喜んでいる。俺もこんな姿の牛を初めて見た。牛にこんなかゆみポイントが隠されていたとは……。

「ユキさん！　気持ちいいですか！　かき加減は、よろしいでしょうか？　これがお気持ち、よろしいのでしょうか！」

アキラは興奮している。ぼりぼりとユキの股をかき続ける。

「アキラ！　もっと、もっとだ！」

たまらず俺も応援する。

「どうですか！　ユキさん！　たまりませんか！　最高ですか！」

「ハカセ！　ハカセ、もっともっと！」

「どれくらいいいんですか！　那由他ですか！　不可思議ですか！　無量大数ですかー！」

「モー！」

ユキが大きな声で吠えた。吠えてない。吠えているように見えた。


「いやあ、最高だったなあ……本当に。俺久しぶりに笑ったよ」

俺たち三人は講習を終え、昼ご飯を食べていた。アキラは一つ自信をつけたようで、俺がおごったカツカレーを嬉しそうに頬張っている。

「でもさ、アカリさんもなんで牛舎にいたの？」

俺はコロッケそばを食べながら、アカリにそう聞いた。

「んー。101番っているじゃないですか？　私がケリ子って呼んでる牛。あいつ搾乳中いっつも暴れるじゃないですか。それがイヤなんすよね。どうにか友達になれないかなって。でも絶対触らせてくれない」

アカリは冷たいそばを食べている。遠慮せずにカツカレーでもいいよと言ったが、最近あけた舌のピアスが染みるらしい。

「ああ、なるほど。俺もあいつをどうにかしたいって時期あったな。……アカリさん、二つアドバイスしておくよ」

「ん？　ナンスカ？」

「牛が走るほど追いかけちゃダメってのは、まず基本。さっき、ケリ子以外の牛たちも巻き込まれて走ってたでしょ？　牛は滑って転んだら大ケガしちゃうからね。

　それともう一つ。少し説教臭いのはがまんしてね。——難しいことって、時間がかかるんだよ。自分が正しいと思ったことは、すぐに実現したくなっちゃうよね。俺はその気持ちよくわかるよ。でもそれで困ったりする牛も、嫌な思いをする人も、いるんだよ。自分のしたいことが困難だと感じたら、まずは時間がかかることを覚悟すること。そのあとは急がずゆっくりやっていくのがいいと思うよ」

　アカリは返事をせず、何か考え込んでいる。きっと納得していないのだろう。それでもよかった。話を聞いてくれるだけで十分だった。

　その時、スマホにメッセージが入る。俺は画面を開いた。

「——どうかしたんですか？」

　アキラは俺がしばらく黙っていることを察して、そう聞いた。

「……。んー、うん。少し懐かしい人から、一年ぶりの連絡」

「あっ、ひょっとしてユウキさんの元カノみたいな感じ？」

「ハハハ」茶々を入れるアカリに対して、俺は笑ってはぐらかした。

そこにはモエコさんから、シュンジの母の訃報について書かれていた。

15

　牛が鳴いている。牛は鳴かない。被食動物である彼女たちは、自分の居場所を知らせるようなことはあえてしない。発情で興奮しているか、出産でいきんでいるか、あるいは何かしらのトラブルに巻き込まれているか……。だからシュンジの家に着き、遠くから聞こえる牛の声を聞いた時、どこか不吉な予感がした。離れには姿は見えず、牛の声に導かれるように牛舎へ向かった。

　ウスキ牧場の木造の牛舎に入るのはこれが初めてだった。そもそも個人酪農家の牛舎自体、小学生の時に母親に連れだった時以来かもしれない。牛舎はじめじめとして、見上げると天井の梁を埋め尽くすように蜘蛛の巣が張り巡らされていた。今日の天気は相変わらず濃い霧で、それは悪辣な山賊のように牛舎の奥にまで無遠慮に侵入し、すべてが霞がかって見えた。

　シュンジは牛のベッドを掃除していた。作業着を着て、腰を曲げてフンを下の溝に落としている。ヤッケのフードをかぶっているので、一瞬シュンジの母親と見間違えた。

「シュンジ」

俺が声をかけると、シュンジはゆっくりと振り返った。

「――ユウキ君。久しぶりだね」

シュンジの口の周りを髭がびっしりと覆っている。頬が病的にこけている。

「お前……ガリガリじゃん」

あまりの豹変ぶりに、思わず見たままを伝えてしまう。

「んーずっと働いてたからね。ウフフ」

見た目には悲壮感が漂っていたが、言葉はしっかりとしていて、俺は少し安堵した。

シュンジには聞きたいことが山ほどあった。

「シュンジ、お前全然携帯つながらないけど、どうしたんだよ。半年前くらいから何回もかけたぞ。それよりもここ、牛なんでこれだけしかいないんだ？　こいつらずっと鳴いてるけど、どうした？」

俺が五月雨に質問を浴びせると、シュンジは困ったようにも口をもごもごと動かす。

この牛舎にはざっと見積もって五十頭分はベッドがあるだろう。だがそのほとんどが空だ。個人酪農家のほとんどは、うちやアサギ牧場のような大型牧場がそうしているように牛を放し飼いにはしない。繋ぎ牛舎と呼ばれたその形態は、牛一頭に対して畳一畳分のスペースが与えられ、そこで寝起きを繰り返し、餌を食べ、その場で搾乳が行われる。しかし今ここには三頭しか牛がいない。

「モォオオオオオオ！」

その時、今まで不規則だった三頭の鳴き声が等しく重なったことで、大きな不協和音を響かせた。その音で俺はようやく我に返る。

「いや、ごめん。そんなことよりさ……、お母さん、残念だったな。俺、驚いたよ。一年前は元気だったのに」

肝心な事を言いそびれていることに気がつき、今更お悔やみを告げた。

「うん……。半年ぐらい前に倒れて、そこからはずっと病院。全身ガンだってさ。とっくに末期だった。最近はずっと昏睡状態だったよ。だから、もうずっと前に覚悟できてたんだ。息をするにも苦しそうだったし。母さんが楽になれてよかった、ってのもあるんだ。だから今は悲しいばかりじゃないよ。

……ユウキ君、歯は大事だね。母さん歯が無いから何でも噛まずに飲み込んじゃってたんだよ。それって内臓にすっごく悪いみたいよ。僕それからずっと忙しかったけど、歯だけはちゃんと磨いてるもんね」

シュンジの穏やかな表情は、諦めたように、あるいは何かを悟ったようにも見えた。人の印象を根本的に変えてしまうのは、表情なんだと思った。去年再会したときは、十年ぶりだというのに中学生のままだと感じた。今俺が見ている表情は、シュンジが決定的に変わってしまったことを、否応なしに見せつけていた。

「母さんいないから大変だったなあ。携帯壊れても修理に行けないし。それと……、ああ、牛？　牛は明日でもう全部売っちゃうんだ。今日までどんどん減らしていって、残りはこの三頭だけ。もう餌買うお金もないんだけど、丁度昨日全部あげきっちゃったんだよね。だから、こいつら餌が欲しいんだと思う。明日までなら何とかなるから、我慢してくれよって感じ」

シュンジがそういうと牛たちはより激しく鳴いた。彼女たちはシュンジの言葉を理解した上で、切実に空腹を訴えているみたいだった。

「ああ、うるさいな。一日くらい食べなくてもどうにかなる、っての」

「シュンジ、牧場から餌とってくるから、ちょっと待ってろよ。すぐに戻るよ」

シュンジの同意も聞かず、踵を返してその場を去る。急いだわけじゃない。それ以上、シュンジの顔を見ていられなかった。

牧場へ向かい餌をバケツに入れ、軽トラで戻る中、俺はずっとシュンジに降りかかったことを思った。牛を売る？　もう廃業するのだろうか？

シュンジはまた、追い詰められていた。大人になった今、俺はシュンジに何をしてやれるだろうか。

たことだろう。いつだってどこかが――あるいは全身が――痛くて、それでも忙殺される毎日は病院にも行けなくて……。やっと、やっと歯も入って、こうして化粧もできたんだな。最期に美しく消えていくことを、せめて喜んでくれているだろうか。こぼれそうになる涙を堪えていると、シュンジの父が口を開いた。

「シュンジ、お前どこ行ってたんだ。家にいなくてどうするんだ」

「牛の世話してたんだよ。スオウ君が牧場から餌を運んでくれたんだよ」

「明日全部売っちまうってのに、餌なんてあげてもしょうがないだろ。母さんについてるほうが大事だろ」

シュンジの父はそこにいる母に同意を求めているように見えた。モエコさんが不安そうな顔を俺に向ける。きっとこれがいつもの通り、ずっと続けてきた親子の会話なんだろう。俺にはその日々が想像できた。いつものようにふたりきりであれば、シュンジは親父の小言を受け入れたのだろう。だが今日は俺たちがいた。だから、この部屋でただ一人立っているシュンジは不満を隠そうとはしなかった。

「母さんなら餌をしっかりあげてって言うと思うよ」

シュンジの静かな口調は、確かに皮肉を含んでいた。父の顔が途端に曇る。

「お前なあ、お前なあ……、お前が二十四まで引き籠ってゲームばかりしてなければ、少しでも仕事を手伝っていれば、母さんは――」

うんざりだ。どうして親子はこうもいがみ合ってしまうのか。先立つ母は死すら安らかではいられないのか。俺は父親を止めようとした。だが遮ったのはシュンジだった。

「そんなこと言わないでよ！」

シュンジは口を開き、肩で息をする。従順な息子が見せる強い反抗に、父は驚いたことだろう。ばつが悪そうな表情を浮かべながらも、一度振り上げた拳の行き場を見失っていた。

「俺はなあ、本当に情けないんだよ……。母さんが死んで、牧場まで取られて……」

「おいおいおい、ちょっと待ってくれよ。牧場を取られて、ってどういうことだよ」

振り返ると入り口に凄まじい剣幕の叔父が立っていた。いつから会話を聞いていたのだろう。顔が怒りで赤くなっている。シュンジの父は態度を翻し、おびえた表情で叔父を見る。

「誰が借金背負ってやったんだ！　ふざけんじゃねえぞてめえ！」

「やめましょう！」

叔父の怒号を予期していたかのように、モエコさんが叫んだ。

「もう、やめましょう？　お母さんの、前ですよ。私、これ以上は耐えられません。

家族のことなので、口出しはしません。きっとみんなお母さんが亡くなって悲しんでいるんだと思います。でも……こんなのあんまりじゃないですか。私は、出て、いきます。でも……、どうぞ、穏やかにしてください」

モエコさんは嗚咽交じりに訴え、その場を後にした。

部屋に残る吐き気のするような沈黙のなか、叔父が肩を落としてシュンジの父に語りかけた。

「――姉さんが倒れるちょっと前にな、珍しく電話が来たんだよ。去年からシュンジが搾乳を手伝うようになったんだって。ずっと部屋にこもってたのに、やっと出てきてくれたんだって。姉さんが泣いてるところなんて、一度も見たことなかったよ。昔からバカみたいに人が好くて、嫌なことがあっても不器用に笑ってる姉さんが、めそめそと泣いてたんだよ。きっとずっと心配だったんだろうな。姉さんはな、息子がやっと前に進んだから、安心して逝けたんだろうが」

遠くから低い機械音が伝わってくる。冷蔵庫だろうか。叔父の言葉が部屋から完全に消えてしまう前に、シュンジが口を開いた。

「おじさん、ひきこもってたって話は……」

「シュンジ」

俺はシュンジに手のひらを向ける。シュンジは観念したように俯いた。去年久しぶりに再会した時、シュンジは搾乳だけは手伝っていると、俺に嘘をついた。俺にとっては本当にちっぽけな嘘だった。シュンジはその嘘の存在をずっと気にしていたみたいだった。シュンジの羞恥を滲ませる表情でそれが分かった。そのままではいつまでも母親の顔を見つめ続けたことだろう。業を煮やしたように叔父がシュンジの父を呼んだ。

「なあ義兄さん。あんた、今までシュンジを褒めたことあるか？　シュンジはな、こう見えてプライドが高けえんだよ。人はなあ、他人に認められないと生きられねえんだよ。褒められねえと、最初の一歩も踏み出せねえんだよ。シュンジに何があったか知らねえが、きっと誰かがシュンジの存在を認めたんだよ！」

父は正座をしたまま、両膝を握りしめる。叱られている大人を見るのは初めてだった。

「おじさん」

シュンジは父に並ぶように膝を折り、叔父に話しかけた。

「おじさん、父さんだって同じだと思います。父さんは婿養子で、多分つらいときもあったと思います。母さんはいつも僕に言ってました。父さんはいろいろと大変だからねえ、って。

おじさん、おじさんが赤字の牧場をキャンプで支えてくれていたこと、感謝してます。……し、仕事もしてなかった僕が遊んで暮らせていたのも、全部おじさんのおかげです。母さんがいない今、牧場をたたんでしまうのも当然だと思います。だけど、どうかお願いします。僕と、父さんをキャンプ場で働かせてください。父さんは、牛飼いしかやってこなくて外でなんて働けません。力もあるし、まじめに働きます。だから、母さんのためだと思って働かせてください。お願いします」

シュンジは土下座をし、ボロボロと涙を流しながら訴えた。シュンジの父は目を充血させ、驚きの表情で息子を見つめる。

「シュンジ、お前、親父をかばうのか？　俺はお前が働きたいって言うなら喜んで受け入れるぞ。けど、義兄さんは……。なあ義兄さん、あんたはどうなんだよ。シュンジにここまで言わせて恥ずかしくないのかよ？」

シュンジの父は拳を畳にこすりつけるだけで、顔を真っ赤にして黙っている。

「お願いします。ねえ、父さんも一緒にお願いしてよ！　父さんだってこれからのこと心配でしょ？　頼むよ！　僕、馬鹿だし、だらしないし、すぐ逃げるし、嘘つきだし……父さんがいないと不安でやってけないよ！　ねえ、頼むよ！　父さんがいないと、僕困るよ……」

シュンジの父は横たわる母の顔に答えを求める。だが母からの返事はない。

「お……、お……。た……、頼む」

父は頭を下げた。シュンジも額を床につける。叔父に向かい合う三人の家族の姿がそこにはあった。

「俺だって……義兄さんに路頭に迷ってほしくなんかねえよ。それによ、俺の父ちゃんと母ちゃんもだいぶボケてるから、面倒見てほしいしな……。俺はこの家には住まねえからよお」

落としどころをつけるための態度なのか、或いはやり手のビジネスマンでもある叔父の本音なのかは知る由もないが、もうこれ以上は俺には関係のない問題なので、俺は黙って部屋を出た。


家から少し外れた場所に、モエコさんの車が停まっていた。

『俺はシュンジに何をしてやれるだろうか』。なんて尊大な物言いだろう。いい加減認めたらどうだ。俺はずっと昔から、シュンジを見下している節がある。シュンジは俺が思うよりもずっと強い。いや、人の内面を強弱で語ること自体が俺の身勝手さなのかもしれないな。シュンジには特別な力がある。それは誰にも測ることはできない。

車にモエコさんはいなかった。きっと牛舎にいる。モエコさんは、そこで俺を待っている。俺にはそれがわかった。

16

カサカサと乾いた音がする。見るとダンが助手席で二の腕をさすっている。

「ユーキ、ワタシさむい」

ダンは褐色の両掌に吐息をまとい、ハエのようにせわしなく擦る。

「そう？　ああ、俺はかなり着込んできたからな」

十一月に入ってからこの辺りの気温もぐっと下がった。それに今は朝の四時半で、一日の最低気温を打つ時刻だ。俺は軽トラの暖房を入れた。カビくさい温風が窮屈な車内に充満する。

「モエコいつくる？」

「いや、もう来ててもいいはずなんだけど」

ダンは膝を立てて抱きかかえ、熱を閉じ込めている。

「ユーキ」

「ん？」

「タバコ、からだにわるいネ」

「……うん、多分。吸わないからよく知らないけど」

「いまここでタバコすっていいか？」

とぼけた質問をするダンに、俺はあきれた顔を向ける。

「だめに決まってるだろ。なんだ？　何の確認だったんだ？」

「ワタシタバコすう、やめたい。やめさせてほしい」

「いや……とめてないんだけど。え、タバコって吸いすぎるとここまでバカになっちゃうの？」

「ワタシタバコのハビットやめる」

「ん？　あ？　ずっとやめるってこと？　まあいいんじゃない？　好きにすれば」

ダンはそう聞くとコクリと頷いてはにかんだ。なんだこいつ。キモチワルイな。

俺は窓から夜を見つめる。未明のもっとも暗い時間、遠慮がちに点けたフォグランプが地面から湧き出そうとする霧の存在を仄めかしていた。

俺とダンはウスキ牧場キャンプ場入り口でモエコさんを待っている。モエコさん、早く来ないかな。モエコさん、やっぱり可愛かったなあ。ショートボブも似合ってたなあ。見慣れるとむしろそっちのほうが好きかもしれないなあ。

「ユーキ」

「なんだよ？」

頭に浮かぶモエコさんの像を侵害したダンに、怒りを込めてぶっきらぼうに聞き返す。

「ワタシこどもできた」

「は、はあ。は？　はあ？　はあああ？」

「もうすぐうまれる。よろこんでほしい」

「いやいやちょっと待て！　いろいろ説明が足りなくて喜ぶも何も……」

「オトコなら、キツネか、キンニク。オンナなら、ウルシか、キュウリか、ミズクサがいいと、おもっている」

「え、えっ？　……なにそれ。まさか、子どもの名前？　いや聞いてないし、どれも悲惨な名前だな！　違うよ、相手は、奥さんは誰なんだよ！」

「きょねん、ここのフェスティバルいたおんな。もうすぐワタシのワイフ」

頭の中でパンク寸前の情報を高速で処理していると、横にモエコさんの車が停まった。俺はダンにここで待つように言って、モエコさんのもとへと向かう。

「モエコさん、おはようございます。来てくれて、ありがとうございます。ただ、すみません、ダンと少しだけ、重要な話をしなきゃならないんで、車で待っててもらえますか？」

運転席のドアを挟んでモエコさんに話しかける。モエコさんは俺の表情から何かを察したようだった。

「……ダン君の子どものこと？」

「えっ！　モエコさん知ってたんですか？」

「はあー……。ダン君、まだ言ってなかったんだ。私はできるだけ早く言ったほうがいいって忠告はしてたからね。まぁ自分の境遇を思えば社長の息子であるユウキ君に言えないのも仕方がないか。

ダン君もあれで結構ビビってるから、やさしくしてあげて。あ、それと相手の子、私結構話したけど、悪い人じゃないよ。いやむしろすっごくいい人。保証する」

ダン、ダン、ダンっ！　あいつ俺には言わずにモエコさんに言ってやがった。それにしてもなんだってこんなタイミングで……。


ドアを閉め、ダンに相対する。

「ダン」

「ユーキ。ワタシワイフあいしている。ワイフ、こども、たいせつにそだてたい。ワタシかぞくしんぱい。ワタシ、しごとがんばる。だから、たすけてほしい」

ダンは捨て犬みたいに濡れた目を俺に向けてくる。ふいにダンとの思い出が蘇る。

焼きそばに納豆をかけるダン。晴れよりも曇りが好きだと話すダン。いつだって控えめに笑うダン。俺は人生でおそらく最大排気量のため息を吐く。俺がパニックになっている場合ではなかった。いつだってダンが俺を支えてくれた。ダンだけが俺のトモダチだったはずだ。俺がかけるべき言葉はたった一つしかなかった。

「……馬鹿だな。俺たち友達だろ？　全部、大丈夫だよ。何も心配いらないよ。今度ゆっくり話をしよう。赤ちゃんの名前も一緒に考えよう。……なあ、俺は本当に嬉しいよ。ダン、おめでとう」

手を差し出すと、ダンは俺を引き寄せ、強くハグをしてきた。ダンニャバード、ダンニャバードと何度もつぶやく。

「ダン、もう行かないと。見張り、頼むぞ」

「ユーキ」

ダンが俺を引き留める。目が真っ赤だ。戸惑うほど真剣な眼差しを俺に向ける。

「モエコ、アナタのことたいせつにおもっている。いつも、アナタのしんぱいしていた。モエコ、ユーキのことスキ」

「ダン、何言ってるんだよ。俺たちはそんなんじゃないよ。でも、モエコさんと仲直りできるかもしれない。それだけで十分だよ」

「ユーキ、ワタシヒンドゥーのかみさま、おまじないした。こどもとワイフのしあわせといっしょに、ねがった。ユーキとモエコ、ぜったいにしあわせなる。ワタシのおまじない、ぜったいにあたる。アナタはアナタのしんじたことを、すればいい」

俺はダンを残してモエコさんの車に向かった。


営業を休止した未明のキャンプ場はがらんどうで、深い海の底のように静まり返っている。俺とモエコさんは潜水艦のような車に乗り、静寂の隙間を縫って走った。

「薬、ちゃんと飲んできた？」

「勿論」

「……ならよかった」

「……」

「……」

「――先端恐怖症の大工」

「……釘打つたびに目を背けちゃうんだ。仕事つらいだろうね」

キャンプ場を覆いつくす芝が切れると砂利道になる。管理棟らしき建物を過ぎ、林を貫く道をぬけると外灯が牛舎を心細く照らしていた。牛舎横に車を停め、ライトを切る。あとはシュンジを待つばかりだ。

およそ十二時間前、俺たち三人は牛舎にいた。たった一年の期間は、三人の状況を大きく変えてしまった。それでもこうして再会できたことが、奇跡みたいに思えた。

　ウスキ家の弔問を終え牛舎に向かった俺は、やはりそこでモエコさんを見つけた。彼女はしゃがんで牛たちの顔をのぞいたり、頭をなでたりしていた。俺が近づこうか逡巡していると、後ろからシュンジの声がした。

「ユウキ君、モエコ先輩、さっきはごめんなさい。もう、大丈夫です」

　モエコさんは振り返り、そこで初めて俺がすぐそばにいたことを知った。俺はそれが少し気まずかった。言い訳をするように俺の方から話しかける。

「モエコさん、シュンジの叔父さん、結構いい人でしたよ。性格はガサツかもしれないけど、シュンジのこと大切に思ってますよ」

　モエコさんと話すのは一年ぶりだ。まともな反応をしてくれるだろうか。

「そっ……か。それならよかった、のかな。でも、寂しいね。牛のいない牛舎。シュンジ君、残念だね。牧場なくなっちゃうのは」

　シュンジは困った顔をして、言葉を探している。

「うーん……。うちの牧場、機械はすごく古いし、牛舎もぼろいし、これ以上続けないほうがよかったと思ってます。おじさんはお金が余ってるうちに施設を更新しなかったせいだ、って言ってるけど、そのとおりだと思います。お父さんも、僕が後を継ぐかわからないからお金がかかる牛舎更新に踏み出せなかったんだろうなあって思います。だから全部僕のせいなんです。僕が全部悪いんです」

シュンジは自虐的にそう言い放つ。その言葉は本心なのだろうか。誰かの受け売りではないのだろうか。誰がシュンジをここまで卑屈にさせたのだろうか。俺はその誰かに、あるいは誰でもない何かに対して、無性に腹が立ってきた。

「それは違うぞ。シュンジのせいなんかじゃないよ。後継者問題も、設備投資も、シュンジが決めることじゃない。それは事業主である親父の責任なんだから、お前が気に病むことなんかないよ。お前は一年間、慣れない仕事を精一杯やったんだろ？　それでいいじゃないか。少なくともお前には何の責任もないよ」

俺の言葉に、モエコさんも強く頷く。シュンジも顔をほころばせた。

「まあ僕そんなに牛好きじゃないから、牧場が無くなったっていいんだけどね。だって仕事大変だもん。正直ほっとしたんだよね。ウフフ」

「な……」俺とモエコさんは呆然とする。

「あ、あれ？　ウフフ。今僕変なこと言った？　ウフフ……、いや、なんかごめんね」

「母ちゃん、泣いてるわ……」俺は肩を落とした。

「ウフフ……。ウフフ。……僕さ、この一年、初めてちゃんと牛の世話してて、毎日くたくたになるまで働きながら、ずっと思ってたことがあるんだよね。僕と同じことを父さんと母さんも、おじいちゃんとおばあちゃんも、みんな昔からずーっと休まず続けてきたんだなあ、すごいなあって思ったんだよね。すごいとは思ったんだけど……。

ああ、あとさ、テレビでもマンガでもネットでもさ、みんなが農家は立派だ、って言うよね？　あれがさ、僕はさ……、いや実際その通りかもしれないんだけど……」

シュンジは地面にへばりつく干し草を右足でにじり、その様を他人事のように漫然と見下ろしながら話す。シュンジはいったい何を言おうとしているのだろうか。

「立派な人だけが立派で、偉い人だけが偉いのかな。ダメな人だけがダメで、悪い人だけが悪いのかな……って、ずっと思ってたんだよね。あ、なんかよくわかんないよね。いや、なんかさ、僕は全然偉くないし、牛の仕事もやりたくてやってるわけじゃないのに、僕も立派な人間の仲間に自動的に入っているのがおかしくてさ。そもそも昔からずっと、生まれつき牛飼いを継ぐことが決まっていることが、嫌だったのかなあ、って。牛飼いになれば、なっただけで立派だってみんないうんだけど、本当にそうなのかな。

昔は働いてもなかったくせに、ずっと逃げてたくせに、牛飼いになりたくないって思うこと自体がズルしてるみたいで、誰かに怒られてるみたいな気持ちになって、そうすると余計牛飼うのが嫌になっちゃって。でも働いてみたら、大変だけど一年過ごせて。ああ、もっと早く始めてもっと早く諦めていればよかったなあって。僕は、自分で自分のことを決めることができないことが、本当はずっと嫌だったのかなって。僕は、自分のこと全部が嫌いだと思っていたんだけど、そうじゃなくて、本当のことを言えない自分が嫌だったのか、わからなくなっちゃって……。わからなくなったから。わからなくて……。あれ、僕何言おうとしてたんだっけ。こんなことが言いたかったのかな？　よくわからなくなっちゃったな。ウフフ……」

シュンジがいつからか、何か大切なことを伝えようとしていることに、俺は最後になってようやく気づいた。シュンジがいつものようにへらへらと笑いながら話しているからその真意を捉え損ねてしまった。そうでなくてもシュンジ自身、理屈立てて説明はできていなかったのだろう。胸に凝ったままの混沌とした思いを持て余しているみたいだった。モエコさんはどんな気持ちでシュンジの言葉を聞いていたのだろうか。張力を失った言葉は索漠とした空気だけを残し、ほどけて消えた。どこか気まずかったのか、再び話し始めたのもシュンジだった。

「牛たちだって、うちなんかにいるより、ユウキ君とか、モエコ先輩の牧場みたいに自由に行動できる大きい牧場のほうが幸せだったんだろうなあ。仲いい友達と争いもなくのんびりと過ごしてさ。ほんと夢みたいに平和な世界だよね。ウフフ」

シュンジは自嘲気味におどけてみせた。俺とモエコさんは顔を見合わせる。おそらく同じことを思ったに違いない。

「シュンジ、牛たちって、実はめちゃくちゃ社会性強いんだよ」

「えっ、どういうこと？」

「仲いい牛同士で友達グループを作ったりもするけど、反面新参者いじめはひどいよ。餌食べようとする牛に頭突きしたり、ベッドから追い払ったり。強い牛はいつも新鮮で美味しい餌を食べるけど、弱い牛は後からこっそり食べたりするし。まあそうならないようにしっかり管理してあげなきゃいけないんだけどね」

俺が説明すると、モエコさんが補足する。

「ここみたいな繋ぎ飼いは、一頭一頭丁寧に調子を見て、管理できるところは利点でもあるんだよ」

「……」

俺とモエコさんに反論されて、シュンジはすっかり黙ってしまった。

「シュンジ？　俺はお前を言い負かしたいわけじゃなくて、事実を伝えただけで……」

「結局、牛も人も同じなんだね」そうシュンジが言った。

「え、どういうこと？」俺は聞き返す。

「いつかユウキ君言ってたよね。僕たち親子が争うのは、動物的本能なんだって」

「んー、そんなこと言ったかな？　俺の言いそうなことではあるけど」

「僕、その言葉がずっと引っ掛かってて、今もそれを思い出してたんだ。結局人間も動物だから、本能のままに争ってるのかなって」

「俺はそんなつもりで言ったんじゃないと思うけど……」

冷めた口調のシュンジは別人みたいに見えた。

「負けた動物は死ぬしかないのかな」

「シュンジ君」

母親が他界したばかりだと言うのに、あまりにも無遠慮な口ぶりにモエコさんも当惑している。シュンジはお構いなしに続ける。

「父親との戦いに負けて、同じ世代との競争に負けて、僕たち人間が動物的本能に支配されているとしたら、結局強い生き物が生き残るってことだよね。よく考えたら自然界の動物はもっと厳しいんだろうなあ。怪我したら死ぬし、強くないと子孫も残せないし」

「シュンジ、そんなこと言うなよ」

俺はそう言いながら、シュンジの理屈をすぐに反駁できなかった。

「うちの牧場は、結局弱かったから無くなっちゃうんだよね。そうでしょ？」

「シュンジ、この牧場のことを俺は知らない。でもこれだけは言わせてくれ。お前は、決して誰にも負けてない。俺はお前と再会してから、そう思うことがたくさんあったよ」

心からの言葉を投げかける。だが、シュンジが悲しんでいるようには見えなかった。淡々と事実を受け入れているような表情だった。

「ユウキ君、ありがとう。僕も、ユウキ君に会えて本当によかったよ。ユウキ君はカッコイイよ。ユウキ君は僕のあこがれだよ。僕はユウキ君に会えて、変われたと思う。

でもさ、ユウキ君が言うように、僕にもこの牧場のことがわかんないんだよ。この牧場は、なんのために存在して、なんのためになくなるのかな？　僕はただ、不思議な気持ちがするだけなんだよ」

シュンジがここまで考えているなんて思わなかった。その言葉は安易な弁明を許さない迫力があって、適切な言葉は見つかりそうになかった。

「モォォォォォォォ」

牛舎内の沈黙を牛の鳴き声が破る。牛は気まずくなったりしない。牛は空気を読まない。

「――ねえ、この子たち、明日売られちゃうんでしょ？」

　モエコさんが話題を変える。

「う……ん。この三頭は、もう十回くらい仔牛を産んでるおばあちゃんたちで、お母さんがいつも特別だって言ってました。きっと父さんが最後まで残したかったんだと思う。

　そろそろ最後の搾乳してあげないと。多分乳が張ってきたのかな」

　俺は牛舎に残った牛たちを眺める。老牛らしく乳は多少垂れているが、背筋がまっすぐで、毛もつやつやしていていかにもいい牛だ。きっと優秀な成績を残してきたに違いない。シュンジが言うところの勝者だろう。だがその牛たちですら、理不尽な運命によって屠られてしまうのは、皮肉としか言いようがなかった。

　所詮この世は弱肉強食？　そんな話は笑えないよ。霧が頭の中まで染みてくる。脳がふやけて腐っていくよ。こんなジメジメした話、俺には退屈だよ。

「――なあシュンジ」

「え？」

「モエコさんも」

「どうしたの？」

「俺今思いついたことがあるんですけど、聞いてもらえませんか？」

それから十二時間後、俺とモエコさんはシュンジを待っていた。約束は四時三十分なので、もう十分も遅刻している。

「モエコさん、シュンジ寝てるんじゃないですか？　あいつ携帯壊れてるし、俺呼びに行っていいですか？」

ライトを消して、わずかな外灯でうっすらと見えるモエコさんのシルエットを見て気がついた。彼女は何かを言い淀んでいる。

「シュンジ君にはあの後、やっぱり五時ちょうどにしてって伝えた」

「え？」

話さなければならないことがある。モエコさんは俺にそう言った。

17

「ユウキ君、私ね。結婚……する」

「な」

「まだ正式には決まってはないんだけど、多分来年の内に」

「だまされた……」

「え？」

「いや、何でもないです。えっと、はい。すごくびっくりしました」

ダン、だまされたよ。ダン、騙されたよ。ダンダン、まんまと騙されたよ！　今すぐお前の所に行ってラリアットをお見舞いしたいよ。お前の言葉は俺の心をもう一度昂らせてくれたよ。どうもサンキューありがとな！　まあそんなことはもういいんだけどな。モエコさんとは終わったと思っていたから。もういいんだけどな。全然気にしてないですよ。クソったれ！　あの口ぶりは絶対期待しちゃうだろ。何がヒンドゥーの神様のおまじないだよ。それ映画なら絶対叶うやつじゃん。いきなり裏切られてるんですけど。ナニコレ……。どうしよう泣きたくなってきた。

「ユウキ君、本当にごめん」

「ふー……。ちょっと待ってください。ふー……」

二回大きく息を吐く。大丈夫。モエコさんともう一度普通に話ができればそれでいいはずだったじゃないか。だいぶ落ち着いてきた。俺は今何も失っていない。友情を取り戻すんだ。

「――え？　なんで謝るんですか？」

ショックで聞き流してしまったが、モエコさんが謝る謂れはないはずだった。

「ユウキ君に、謝らなきゃいけないことが、たくさんあるの」

モエコさんの声は震えていた。泣いているのか？　暗がりで細かい表情をうかがい知ることができない。

「私ね、六年間付き合ってる彼氏に、プロポーズされたの」

「彼氏……。六年？　えっ」

モエコさんは、ゆっくりと告白を始めた。

「私ね、本当は、大学のときからずっと付き合ってる彼氏がいたの。同じ大学の同じ学部に。私と同じ畜産学科を四年で卒業したんだけど、彼は北海道に残って獣医課程を取り直してたんだ」

北海道。――そうか、モエコさんは結婚式で北海道に戻ったとき、彼氏に会ってたんだな……。すべてがつながるような気がした。俺は、最初からモエコさんには……。

「私、去年ね、結婚式で北海道に戻ったとき、彼氏に別れてほしいって話したの」

「えっ」

「今から私に都合のいい話ばかり、するからね。私ね、大学を卒業して、牧場は忙しくて、こっちに戻ってからは彼とはずっと会えないし、連絡もまばらになってきて、こっちに心が離れていくのを感じてたんだ。……いや、違うの。そんなことはどうでもよかった。彼とのこととは関係なしに、ユウキ君と出会って、私はユウキ君のことが大好きになった。正直ね、ユウキ君が私に好意を寄せてくれているって、すぐにわかったよ。私はそれが嬉しかった。毎日ユウキ君からの連絡を心待ちにしてる私がいて、たまに来る彼からの連絡を喜べていないことに気づいたんだ。

　このままじゃいけないと思って、北海道で再会した時、ちゃんと彼に別れを告げたの。もちろん納得してもらえなかったけど、好きな人ができたって言ったらそれ以上何も言われなかった。その人が泣いているところなんて初めて見て心が痛んだけど、でも自分で決めたことだから」

　モエコさんには彼氏がいた。そしてその彼氏と別れていた。早回しの映像が流れていくように、頭の中で次々と場面が移り変わっていく。

「それでね、こっちに戻ってきて、ユウキ君に改めて話をしようと思っていた。……

そしたら彼が、家まで来たの。私に会うために。

　彼ね、私に泣いて謝った。今まで気持ちを伝えてこなくてごめん、って。それでね、その時初めて知ったの。彼が私の牧場の将来のために獣医師になろうとしてたこと。付き合った時からずっと結婚することを考えていたことを」

　モエコさんの顔はほとんど見えない。モエコさんは泣いている。それは声でわかった。きっと悲しい表情をしていることだろう。でもそれが具体的にどんな顔なのか、なぜか俺には想像できなかった。

「彼には、好きになった男性と関係を持ったことも話した。それでも彼は、別れることは絶対したくないって言ったの。

　私は胸がちぎれそうだった。一度彼を裏切って、今度はユウキ君を裏切ることになるのかって。私は好きな人を、私を好きになってくれた人を、何度裏切るんだろうって。罪悪感に、耐えられ、なかった。だから私は、ユウキ君を、騙したの。いいえ、違う。騙したのは、自分自身、だな。私はユウキ君を嫌いになる努力を始めた。ユウキ君を心から嫌いになるために、自分を騙そうと努力した。バカみたいだって、思うでしょ？　でも私には、ユウキ君と別れるための、必然性がどうしても必要だったの」

　消えかけていた外灯が時々ちらちらと明滅する。その度に仮面のようなモエコさんの横顔が、映っては消えた。

「本当はね、ユウキ君がネットで私を見てること、ずいぶん前に知ってたの。私はその時、こんなに私のこと好きになってくれて嬉しいな、って思ったくらいだったんだ。ユウキ君にも可愛いところあるんだなって。

だからね、シノダさんの牧場のこと、怒ってなんかいなかった。私は、喜んだの。これで、ユウキ君を嫌いになれる。自分の責任から逃げられるって。そうするとね、だんだんとユウキ君のことが、本当に嫌いになっていった。ユウキ君はまっすぐで、ポジティブで。私は嘘つきで、惨めで……。ユウキ君に嫉妬した。ユウキ君が心底憎くなった！　ユウキ君は私には似合わないって、心から思えたの。わかる？　私は私自身を騙すことに成功したの」

モエコさんの声が、狭い車内に響く。目が慣れたのか、それとも夜明けが近いのか、モエコさんが目の前で組んだ自分の手を、必死に見つめているのが分かった。

「……ユウキ君、本当にごめんなさい。ユウキ君が一番つらいときにあなたをさらに追い詰めるようなことをして、あなたを傷つけて。私は、ずっと謝りたかった。自分を騙せたのも最初の内だけだった。

これだけは信じて。今日、この日が来なかったとしても、私はいつか必ず謝っていた。認めたく、なかった。自分がずるい人間だって。私は、器用に生きてきた。天真爛漫で奔放な妹と、真面目でしっかりものの姉。親も、先生も、ユウキ君も、みんなが私をほめてくれた。みんなが私に何を期待しているか、小さい頃からよくわかっていた。会社を継ぐだけの責任感があって、真面目で、やさしくて、素敵な女の子でいること。でも本当の私は、ずるくて、失敗するのが怖くて、ただ臆病なだけなのに。ねえ、お願い。私を……罵って」

モエコさんが組む二つの手が小刻みに震えている。モエコさんはその手の内に宿る何かを、握り潰そうとしているようにも、あるいは必死に守っているようにも見えた。

「今更、モエコさんのことを責められないですよ……。モエコさんが苦しんだことは、わかりました」

モエコさんの話が、モエコさんの人格とうまく符合しなかった。モエコさんの内面で起こったこととは思えなかった。俺はモエコさんの一面しか理解できていなかった。モエコさんは俺にとって完全な存在で、俺はただそれを求めればよかった。モエコさんを追い詰めていたのは、他でもないこの俺だった。モエコさんに対する潔癖に近い憧れが、彼女を脅迫し続けていたのかもしれなかった。

「ユウキ君に言ったことは、本心ではないの。ユウキ君と別れるための理由か、考えるほどにどんどん現実的だと思えてきて、強固になっていったの。親同士の諍いとか、ユウキ君のクレバーさなんかは、全部言い訳に過ぎないよ。悪いのは、みんな私のほうだったの……」

うっ……。ぐっ……。モエコさんの嗚咽が漏れ聞こえる。

「モエコさん。モエコさん、もう泣かないでください。もう、十分です。自分の暗い部分を、人に見せたくない部分を、話してくれてありがとうございます。俺はもう、それで十分ですよ」

モエコさんと別れ、俺だけがこの世界でただ一人深く傷ついているように思った。ときにモエコさんの声が、俺を嘘つきだとなじった。俺はこの孤独な人生が、死ぬまで続くように思えて怖くなった。本当の絶望とは、自分に降りかかった不幸そのものではなく、そのことを伝える相手がいないことなんだと、俺は知った。——モエコさんも同様に苦しんでいるとは、その時は考えもしなかった。俺の方こそモエコさんに気持ちを伝えるべきだった。今を逃せばその機会は永遠に訪れることはないだろう。

「モエコさん、俺はこの一年、いろんなことを考えました。悩んで、苦しんで、何度も自己嫌悪に陥りそうになって、いっそ消えてしまいたいって思いました。でも、どんなに追い詰められても、自分自身を嫌いになることだけは間違ってる、そう思ったんです。最後に自分を信じられたのは、モエコさんの言葉があったからなんです。自分のなかには、常に矛盾した感情、思いがあることを、モエコさんが教えてくれていたんです。

別れ際にモエコさんが指摘したことは、真実も含んでいます。俺は、他者に誠実でありたい、思いやりを持ち続けたいと思う一方で、利己的な自分の存在を確かに感じます。シノダ牧場を後から奪う親父のやり方は、確かに卑劣ですが、どこかで自己利益追求は当然だと思う気持ちもあるんです。

それだけじゃないんです。俺はシュンジのことを尊敬する一方で、どこか憐れんでもいます。貧乏にはなりたくない。将来の安定をいつまでも守りたい。こうならなくてよかった！　そんな浅ましい考えの自分を、どうしても打ち消すことができないんです。

親父に対する気持ちも……とても一言では説明できません。俺は、親父が嫌いです。心底憎いです。消えてほしいと強く願うほどの激しい嫌悪感は、だけど親父に何かを期待していたからなんです。それは親父に対する好意に違いありません。そうじゃないと、説明がつかないんです。親父だって、俺が憎いと思います。でも、考えてみると、俺に対するふるまいの動機のほとんどが、そもそもは善意から始まったものなんだろうと、思います。どうして心と体は、反対に動いてしまうのか。親父のことを考えると、分からなくなります。

俺は、自分のエゴの存在を確かに認めます。それを忌み嫌う自分もいます。でもどこかで、それぞれの自分も同時に好きなんです。いい自分も悪い自分も、どちらも自分なんです。この自己矛盾は、自分のための嘘だ。そんな思いに至ったんです。人は、自己矛盾、嘘を抱えずには生きられないんじゃないかって、そう思うんです。決して交わらない白と黒のコントラストが、心の中で絶えず入れ替わってるんじゃないかって、そのことに気がついたんです」

かつて幾度も葛藤する中で、様々な思いが胸を去来した。その観念や感情が、今言葉となって次々と結ばれていく。

「ユウキ君が、そうやって私のことを責めないで、認めることのほうが、私にはつらいよ……」

モエコさんは肯定的な言葉は望んでいなかった。彼女はひたすら戒めを欲していた。

「モエコさんだって、俺のことを何度も認めてくれたじゃないですか。俺はモエコさんが俺の中の陰影を見つめてくれたことで、救われたんです。

これが何を意味して、何をもたらすのかはまだ分かりません。人によっては自分の矛盾に気づかないまま、あるいは黙殺したまま生きることをよしとする人もいるでしょう。そのほうがむしろ幸せかもしれません。でも俺は、自己矛盾の、嘘の存在を認めないと、前に進めなかったんです。モエコさんだって、多分シュンジも、それは同じじゃないですか？」

モエコさんはそこでようやくゆっくりと顔をこちらへ向け、口を開いた。

「ユウキ君、私はユウキ君と……」

その時目の前の牛舎に明かりがともって、モエコさんの真っ赤に腫れた顔をうつした。

「あっ、シュンジ君、きた、みたいね」

モエコさんは顔を隠すように涙をぬぐう。

「モエコさん、俺、先行きますね。もう、大丈夫ですよ。俺も、モエコさんも、もう、大丈夫ですよ。じゃあ、牛舎で待ってます」

俺は車を出て、牛舎へと向かった。見上げると墨を流したような空が、僅かに青みがかっている。夜明けがすぐそばまで忍び寄っている。それは最早誰にも止められないところまで迫っていた。

18

シュンジは牛の背中を丁寧にブラッシングしていた。低い天井から刺す青白い灯りに照らされて、肩についた筋肉が必要以上に強調されていた。

「シュンジ、痩せてカッコよくなったんじゃないの？」

振り返り顔を向けるシュンジ。髭を剃ったことでシャープになった輪郭が露わになっている。

「えっ？　そうかな。そんなこと初めて言われたな。ウフフ」

「あとはその猫背と、薄気味悪い笑い方と卑屈な性格とダサい服装と小汚い髪形と蛇みたいな目つきを直せば、すぐにでも彼女できるって。今度一緒に町いって探そうぜ」

「あれ、ユウキ君って、モエコ先輩と付き合ってるんだよね？　あれ？　そういえばモエコさんは？」

なんて間の悪いやつだ。シュンジってそういうとこあるな。

「モエコさんなら――スマホでなんか見てたよ。芸能ニュースか星座占いでも見てるんじゃない？　女子ってそういうとこあるよな。あ？　モエコさんが彼女？　ないない！」

「そういうとこって、どんなとこ？」

振り返るとモエコさん。一瞬で目の腫れと充血が引いている。なんて間が悪いんだ。俺ってそういうとこあるよね。

「モエコさんおはようございます！　シュンジ君もおはよう！　爽やかな朝だね！」

「まだ真っ暗だけど。どこが爽やかなの？」

モエコさんの冷静な指摘。「え、ウフフ……？」。俺はシュンジの笑い方を真似してその場を煙に巻く。モエコさんが呆れ顔をくれた。

「で、シュンジ、ロープは？」

「ああ、えっと。ちょっと待っててね」

シュンジは牛舎の倉庫へ向かい、すぐに戻ってきた。手には牛を移動するため複雑に結わい付けされた麻のロープを携えている。

「よし、じゃあ、やろう。ふたりとも、慎重にいこう。誰も、もちろん牛も、ケガしないように」

俺たちは昨日、ある計画を立てた。と言っても大袈裟なものではない。牛舎に残された牛たち。こいつらが売られてしまう前に、最後にもう一度だけ放牧する。ただそれだけのことだった。こんないたずらにも近い突拍子もないアイディアを、ふたりは否定しなかった。「見たい。私、この子たちが自由に走るところ、見てみたい」モエコさんが最初に同意した。

「うん。それ、面白そう。こいつら古い牛だから、昔は毎日畑に出てたはずだよ。きっと喜ぶよ」そうシュンジ。

「――あ、でもシュンジ君。お母さんが亡くなってすぐのときに、こんなこと……」

常識人のモエコさんがすぐ我に返る。

「僕、今ユウキ君が牛を放つって言った時、最初にお母さんの顔が浮かんだんです。お母さんの魂がまだこの近くにいるなら、見せてあげたいなって。お母さんが、一番見たがってる気がしたんです」

「ええ……、何その魂とかそういう話。俺オカルト超絶嫌いなんだけど。俺はただ純粋に放牧を楽しみたいだけで……」

「ユウキ君」モエコさんが俺をキッとにらむ。とにかく三人の心はこれで決まった。

かつて放牧地だったキャンプ場に、牛を放つ。その計画が、今動き出そうとしている。目的はない。意味も多分ない。でも、俺にはそれが必要なことだと思った。

「じゃあこれ、お願いします」

　俺たちはシュンジからロープを受け取り、それぞれ一頭ずつ牛の顔に着ける。これがないと牛を運ぶことはできない。

　昨日餌を山ほど運んできたので、牛はのんびりと横臥していた。そこへ作業つなぎを身にまとった俺たち三人が現れ、突然ロープを頭に装着しだしたので、牛も異変を感じ始めた。立ち上がり、排便をする。ストレスを感じているのだろう。牛は恒常性を好み、いつもと違うことが起こるだけで強い不安に陥る。牛からすれば俺たちは泥棒か何かに見えるだろう。いや、誰がどう見たって泥棒だ。いやいや、そもそもやってること自体、事実上の泥棒だった。

「ユウキ君、どうしよう。牛、怯えちゃってるね」

　牛を心から愛するモエコさんが、不安にさせてまで連れ出したいはずがなかった。飼い主のシュンジはまだしも、俺とモエコさんに対して警戒を続けている。このままだと牛は走って逃げ、思わぬ事故につながりかねない。彼女たちをリラックスさせなければ……。

「ねえ、モエコさん、これ、知ってます？」俺は思い立ち、牛の背後に回る。

「ちょっと見ててください」俺はシュンジにも聞こえるように声をかける。ふたりはロープを着ける手をとめ、こちらに向き直る。

　俺は軍手を装着した右手で牛のお尻をかいた。お尻の筋肉がビクッと震える。だがしばらく優しく丁寧にかいてあげると、牛の緊張が解けていく。反芻し、よだれが垂れてきたころ、乳房の隙間に手を差し入れる。ボリボリとかけば牛は肢をゆっくりと上げ始めた。

「えっなにそれ面白ーい！」

「ウフフ、すごいねそれ。犬みたいだね」

「ふたりもやってみてくださいよ」


「上がった上がった！　かわいいー！」

　モエコさんが興奮気味に報告してくれる。シュンジは何度挑戦しても無反応で、しまいにはウンコをされ、「うわふ！」などと叫び声をあげていた。牛の警戒も解け、俺たちは再びロープ着けに取り掛かった。

「ねえ、なんでそんなこと知ってるの？」モエコさんがロープを耳の後ろで縛りながら言う。

「会社の後輩が編み出したんですよ。皆でいろいろと研究しています」

　ロープを着け終わったモエコさんがこちらを見てニヤニヤしている。

「ん？　なんですか？」俺はロープを着けながら聞く。

「できたんだね、ニンゲンのトモダチ」

「ん？　ああー……。後輩だし友達って感じでもないけど。でも、楽しくやってますよ」

　俺の言葉に満足したのか、モエコさんはニコニコと牛の頭を撫でた。

「じゃあロック外すからよろしくお願いしますね」

　シュンジが牛の首を拘束する鉄のパイプを外す。俺は牛の横に立ち、牛を後ろの通路へと導く。シュンジが鉄製の引き戸をスライドさせる。ガラガラと音を立て扉がひらくと、冷たくて乾いた風が、ごうっと牛舎内に吹き込んできた。はるか向こうの山の形が確認できるほど、空が明るくなっている。

「よし、行こう」

　牛を連れて外へ向かう。モエコさんと、シュンジが後に続く。

　牛をロープで引っ張りながら、森へと進む。牛舎の外に道はない。きっとここはかつて土がむき出しになっていたことだろう。今は雑草が地面を覆いつくしている。俺たちは失われた道を行く。牛は驚くほどおとなしくついてくる。

「ねえーモエコさんー？」

「えー？　どうしたー？」

「牛って五年も昔のこと、覚えてるんですかねー？」

「あー、私も今同じこと考えてたー！　この子たち、ちょっと喜んでるよねー？」

動物は一度覚えた恐怖体験を一生忘れないよ。そんな話をエンドウさんが誰かにしていたことを思いだす。恐怖は記憶の奥深くに根付くだろう。じゃあ興奮は？　彼女たちは、興奮を覚えているのだろうか？

やがて農場とキャンプ場を隔てる林に近づくと、砂利道に変わる。ジャッジャと砂利をはじく牛の足音が響く。管理棟を過ぎると、見渡す限り芝が覆うキャンプ場へ着いた。

キャンプ場を囲む山なみを眺める。あちらが東だろう。青に含まれる闇が一番薄い。目線を上げるほど青は濃く、黒くなっていく。山の頂上は黄みを帯び、陽光の顕現を示唆している。南の方へ目を向けるほど、空は赤みがかる。それは青と混じり合ってどす黒い血のようだ。

「ここまで、来ましたね」

俺はふたりに話しかける。今やお互いの姿がはっきりとわかるほどに、夜は終わりかけていた。

「そうだね」

「うん」

俺たちはそれぞれの牛を携えて、向かい合う。キャンプ場は丸い敷地となっていて、周りをぐるりと柵が囲ってある。唯一の出口では、ダンが待機している。かすかにタバコの香りが流れてきて、あきれたような、励まされたような気持ちになる。

俺たちは牽引用に伸びる長いロープを、牛の口のすぐそばに括り付けた。これが垂れさがっていると踏んでケガにつながるからだ。

「おい、シュンジ、どうする？　もう手を放してもいいの？」

「えっ、僕牛を放牧なんてしたことないから、わからないよ」

「放した後って、どうやって捕まえるのかな……」

急に不安になってきた。

「大丈夫だよ。情けないなあ。ほら」

モエコさんが手を放す。俺たちふたりもそれにならう。確かにそこにあった重みが、ふっと消える。自由だった。何かに縛られていた牛は、今、自由になった――。

十五分後、俺たちは牛を眺めていた。十五分前と、同じ場所にいる牛を。牛はどこへもいかない。ずっとその場にいる。

「ねえユウキ君、この子たち草を食べ続けてるけど……」

堪えきれなくなったモエコさんが、ようやく計画失敗の可能性に言及する。

「うーん……。なんか、イメージと違いましたね」

「運動好きじゃないのかな……。あ、因みに僕も運動嫌いだけど。ウフフ……」

いたたまれない気持ちでいっぱいだった。こんな早朝にみんなを巻き込んで、俺は何をやっているのだろうか。期待が高い分、失望も深かった。やめ時を逃した俺たちは、あてもなく牛の食事を観察し続ける。

「放牧、って言っても案外こんなもんなんですね。でもなんかよかったんじゃないですか？

俺はすごくよかったと思います。ほら、なんだかシュンジのお母さんも喜んでる気がしないでもないっていうか」

俺が苦し紛れにお茶を濁していると、周りの草をあらかた喰いつくしたからだろうか、三頭のうちの一頭が不意に顔を上げた。牛の動きがぴたりととまる。牛は遠くを見つめている。外はずいぶん明るくなった。朝靄のかかる芝が、遠くまで広がっている。彼女はその風景を不思議そうに見つめる。

「ああ……、暗くて、よく見えてなかったのか」

俺の言葉に、ふたりもその牛の異変に気がつく。彼女は今、自分がどこまでも走っていけると悟ったのだろうか。東に向かってゆっくりと歩み始める。

「ほら、あなたたちも……」

モエコさんが夢中で草を食む二頭の牛の顎をかき、顔を上げさせる。二頭も先行する牛に遅れまいと後を追う。三頭は合流し、ぐるぐると辺りを歩き始める。空はすでに青い。地平線にオレンジ色の層ができている。青と赤のグラデーションがお互いにせめぎ合っている。先頭の牛がその場で二、三度小気味よく跳ねた。

それが合図だった。牛が、牛たちが走り出す。尾を高く上げ、馬のように四肢を駆動させ駈ける。ザクッザクッと蹄が草を割き、土を刺す音が響く。牛が走る。走る。走る！　頭を上下に振り、乳を揺らせ、走る。荒い息遣いから興奮が伝わってくる。彼女たちは歓喜に震えている。弧を描くように遠ざかり、また近づく。俺たちに喜びを伝えたいのだろうか。牛たちは、どこまでも感情に素直だった。喜び、恐怖し、興奮する。彼女たちの行動は、感情の発露だった。

人は、どうして素直になれないのだろう。俺はどんな感情も受け入れたかった。シュンジが泣いている。シュンジは、なぜ泣いているのだろう。涙があふれてくる。俺は今、なぜ泣くのだろう。

「ユウキ君！」

モエコさんが俺の名を呼ぶ。モエコさんが泣いている。ボロボロと涙をこぼしている。彼女は今、何を思うのだろう。

「ユウキ君、私今、思ったことがあるの」

モエコさんは涙を拭こうともせず、ぐしゃぐしゃのままの顔で言った。

「私、この子たちのこと、引き取る。私の牧場で、この子達のことを飼うって、決めたの」

モエコさんはそう言って笑った。人はこんな顔で笑うことができるんだ。モエコさんが、うらやましかった。

俺はモエコさんが好きだった。どうしようもなく大好きだった。今はその感情が、俺のすべてだった。涙で前が見えなくて、俺は下を向いた。それでも涙は次々とこぼれて落ちてくる。ただ素直な思いを伝えたかった。たとえそれが自分の考えと矛盾していても、間違っていても、嘘だとしても、感情のままに伝えれば、それは全部本当だと思った。

両手で目を強くこすり、俺はモエコさんを見た。それと、ほぼ同時だった。視界が白く染まる。夜明け前の急激な温度変化が朝霧を発生させ、俺たちを包み込んだ。目に見えるすべてが、乳白色のベールに覆われてしまう。わずかな風に流されて、霧はきれぎれに漂い、俺たちの周りをうつろった。

――美しい、と思った。ここは今、世界中のどの場所よりも美しかった。草葉、空、山、土、木々、そのすべてが、名前のない色たちで煌めいていた。光が色をつくる。色は、光によって生み出されるんだ。

光が、一筋の強い光が見えた。東の柵はススキの群生に隠されている。そこから朝日が昇る。穂が、輝きだす。まわりの穂へと乱反射しながら拡散し、どこまでも、どこまでも明るくなっていく。ススキが燃えている。ああ、爆発してしまう！　光が……。

今、目に映るこの場所を、俺はこの先、何度でも訪れる。たとえこの先三人がバラバラに離れてしまっても、俺は、今の気持ちのまま、モエコさんとシュンジに会えるだろう。今この瞬間を、無限の未来が見つめている。

記憶は色だ、と俺は思う。闇が色を隠しても、それは確かに存在する。日に見えない色たちは、すぐそばにある。認識できないだけだ。いつか俺たちが年老いて、この風景を訪れることも疎らになり、やがて忘れてしまっても……。それは決して消えることはない。この景色は決して消えることはない。永遠に存在する。風景は、誰かの心のためにある。

様々な色が、心を彩り続けていく。

著者プロフィール

山野 ジュン（やまの じゅん）

酪農家

桃色の乳頭

2024年10月15日　初版第１刷発行

著　者　山野 ジュン
発行者　瓜谷 綱延
発行所　株式会社文芸社
〒160-0022　東京都新宿区新宿1－10－1
電話　03-5369-3060（代表）
03-5369-2299（販売）

印　刷　株式会社文芸社
製本所　株式会社MOTOMURA

ISBN978-4-286-25670-2